中公文庫

出張料亭おりおり堂

夏の終わりのいなりずし

安田依央

中央公論新社

目次

恋とたこ焼き、紙吹雪……7

横浜、陰謀、シャンパーニュ……185

出張料亭 おりおり堂

―夏の終わりのいなりずし―

恋とたこ焼き、紙吹雪

梅雨の午後、山田澄香は見知らぬ駅のロータリーでバスを待っていた。

間もなく夏至を迎える。昼の時間が長い時期だが、あいにくの雨模様で空は暗い。おまけにここは風が通らず、ひどく蒸し暑い。バスも遅れているのかなかなか来ないし、気分は沈む一方だった。

澄香は今、大阪の北部、箕面市にいる。

有名な箕面の滝を抱く美しい街だが、澄香の目には豊かな緑も色褪せ、どこか陰鬱に煙って見えた。

腕に抱えている風呂敷包みには骨董の入った桐箱と、梱包材で包んだマグカップが入っている。大した重量はないはずなのに、抱えていると段々重く感じてきて腕が痛んだ。

肩からかけたバッグがずり落ちそうになるのを、風呂敷包みを抱えたまま、どうにか反対側の手で戻す。

ここへ来たのは「骨董・おりおり堂」の主人、橘 桜子のお遣いだ。

澄香がおりおり堂へやってきたのは二年半ほど前。

桜子の孫にあたる料理人、橘仁が営む「出張料亭・おりおり堂」の助手として採用されたのだ。

まったくの偶然だったが、この出会いは澄香の人生を大きく変えることになった。

『出張料亭』とはその名の通り、依頼人のお宅や指定の場所に出向いて料理を作る仕事だ。

実はこの橘仁という男、とんでもないイケメンで、非常にモテた。

対する澄香は採用された当時、実は婚活中だったが、そもそも心がけがまったくなっておらず惨敗続きでゾンビの様相を呈していた。

覇気なくうろつく婚活ゾンビの前に突然、いい匂いのする超絶イケメンが現れたのである。

ついでに言えば、澄香は恋愛偏差値ゼロだ。間近にイケメンがいても硬直するばかり、彼を相手に恋愛をするなんてことはこれっぽっちも考えなかった。

鮮やかな色彩と仁の作るおいしい料理。出張先のお客様たちと共に季節が巡り、一年間。

色々あった。本当に色々あった。

恋愛なんてできないだろうと頑なに殻に閉じこもっていたゾンビが、陽の当たる場所に這い出してきたのである。

そして、仁もまた彼の抱えていた闇を駆逐した。

だからといって、二人の間には正直なところ何も成立していない。

分かりやすいものは何もないのだ。

もしかして、ほんの少しだけ、気持ちが通じ合ったのではないだろうかという程度の淡い進展を見せた春の日、仁は京都へ旅立っていった。いつになるか分からないけど、よかったら待っててくれるか的な言葉を聞いた気もする。

あれから一年半近くが経つ。その間、澄香は桜子の勧めに従い、「骨董・おりおり堂」を手伝いながら骨董のことや和食のこと、お茶やお花と、色んな事柄を学ぶ日々を送っていた。

仁は一度もおりおり堂へ帰ってきていない。

彼がかつて修業をした京都の料亭・こんのの跡取り娘、由利子が本当に愛した人は誰だったのか――。彼女に失われた真実の記憶を取り戻させるため、仁は京都にいた。

毎日、彼女のもとへ通っているのだ。

月日の流れるのは恐ろしく早く、澄香を後継者として育てようと心を砕いてくれる桜子との日々はめまぐるしく過ぎていく。

もう、あの春の日自体が何だか遠い夢のようで、現実だったかどうかも曖昧な気がする。

「仁さん、帰ってこないわねえ」

今年のお正月、桜子が呟いた。

「京都で新しい生活をしてるとかでしょうか？」

「まさか。だって澄香さん、仁さんと約束なさったんでしょう？」

「はあ……」

約束。あれが果たして約束と呼べるものだったのかどうか。今となっては自信がない。

電話では何度か話をした。

もっとも、それも「話」と呼べるかどうか。

元々、仁は寡黙な男だ。

面と向かっていても最低限のことしか喋らない。それは電話でも同じだった。

「元気か？」

「はい。あ、あの、オーナーもお元気です」

「そうか」

「仁さんは？」

「何とかやってる」

声を聴くまではいいのだ。今度、電話があったらあれも喋ろう、これも報告しなきゃと思っているのに、いざ仁の声を聴くと胸が一杯になってしまって何も喋れなくなる。

結局、ほとんど中身のない会話で終わってしまうのだ。

月日が経つにつれ、次第に仁が遠ざかり、このまま戻らないのではないかという不安が過るようになっていった。

そして、先週のことだ。

その日、澄香は動揺していた。

料亭・こんのの次女、葵から電話を受けたのだ。

「ああ、山田のお姉さん。お元気どすか？」

葵は相変わらずの口調だが、これは澄香をいびるというよりはわざと当時の口調を再現してからかうつもりだったようだ。

その証拠にすぐに葵は明るい笑い声を立てた。

「その後どうしてはるの？　桜子おかあさんの薫陶を受けてちょっとは成長しはった？」

いや、やはり、いびりモードだったわと思い直す澄香に葵は意外なことを言った。

「ねえ、仁お兄ちゃん帰ってはるでしょ？　ちょっと替わってもらえます？　何回か携帯にかけたんやけど通じへんもんやから」

「え……」

絶句して硬直している澄香の耳に葵の可愛らしい声が聞こえる。

「それがね、うちのお父さんが、あーっしもた。仁に渡すもんがあったん忘れてた。はよ仁を探せって言わはって、昨日から大騒ぎやの。もうお父さん、せっかちやさかい」

「あの、葵さん。仁さん、そちらを出たってことですか？」

澄香の硬い声に葵は異変を察したようだ。

「え、どういうこと？　お兄ちゃんそっちへ帰ってはらへんの？」

京都を一月以上も前に出たと聞いて、澄香は全身に冷たい汗が滲むのを感じた。

葵の話によれば由利子は少しずつ記憶を取り戻しているらしく、完全に繋がったわけではなくとも、仁との関係が偽りのものであったことは分かっているようだ。

そして、周囲の骨折りで京都を去った仁の兄弟子と再会し、今では時折、二人で遊びに出かけるまでに回復しているという。

「うちのもんかて、仁兄ちゃんが悪いわけやないいうのは先刻承知のうえやったし。これ以上、拘束する理由なんかあらへんもん」

葵はしんみりした口調で言った。

つまり、ようやく仁は解放されたのだ。

肩に乗っていた重いものがふっと取り除かれたような気がした。

あの春の日から、澄香がずっと待ちわびていた日が訪れたのだ。

しかし、それは――。

訪れていたというべきだ。と澄香は思った。

だって、もう一月以上前に仁は解放されていたのだから。

「でも、なんでぇ？　なんで仁兄ちゃん帰ってはらへんの？　うち、てっきりその足でそっちに帰らはったんやと思ってたわ」

電話口の葵も腑に落ちない様子だ。

「おかしいわ。なんかあったんやろか。あ、でもね、一週間前にも電話で話したんよ。その時はお兄ちゃん、今から仕事だからってすぐに切りはったんやけど。あの時、うち、当然おりおり堂でまた、あの気の利かん山田のお姉さんと出張料亭やらいうのんをやってはるんやとばかり思てたんやけど」

さりげなく澄香をけなす言葉が交じっている辺りが葵の面目躍如といったところだが、今、それをどうこう考える余裕はなかった。

一体、仁はどこへ行ったのか。

「ちょっと待って。せやけどおかしない？　なんで山田さん何も聞いてへんの」

「いや、なんでと言われましても……」

「仁兄ちゃんがラインとかせえへん人なのは知ってるけど、それにしたって電話とかあるでしょう」

葵は澄香を叱りつける勢いだ。

「いえ、その……。あんまり電話するのも、邪魔になっても悪いしなと思って」

「あーあかん。ホンマにあかんわ山田さん。もー何やってんのよ。折角、仁兄ちゃん自由になったのに。あんたが待ってます言うてアピールせなあかんやん。お兄ちゃん帰りにくかったんちゃうの」

「ええっ、そうでしょうか」

「いや、知らんけど。実際、帰ってきてはらへんのやろ。あーあー、もう何をやってんのよ。折角まあしょうがないから仁お兄ちゃんと山田さんでも応援したろかと思ってたらこれやもん。ちょっと山田さん、しっかりしいや。情けなさすぎるえ、ええ年してもう」

あの葵が応援してくれているのかと思うと愛おしさがこみ上げてくるが、喜んでいる場合ではなかった。

とにかくこちらもかけてみるけど、まずはあんたが仁兄ちゃんに電話するんやでと葵に厳命され、電話を終えた澄香は店の電話から仁の携帯にかけてみた。

なるほど葵の言った通り留守電になるばかりだ。メッセージを残しはしたが、何故、仁はこちらへ戻ってこないのか。事故か何かにでも巻き込まれたのではと不安が募る。

ようやく仁と話ができたのは夜の十一時過ぎだった。

桜子は夕方頃、お稽古があるからと葵の電話を受ける前に店を後にしている。

澄香は一人で帳簿の整理をしながら電話が鳴るのを待っていたが、さすがに遅い。

今日はもう電話はないだろうと諦め、仕事を切り上げてそろそろ帰ろうとしたところで自分の携帯が鳴った。

橘仁という二文字に胸がどきんと大きな音を立てる。

「あ……も、しっ……もし……山、田です」

勢いこんで画面をタップしたものの、慌てすぎたのか噎せてしまった。

咳き込む澄香に電話口で仁がふっと笑ったのが聞こえた。

「大丈夫か？」

「は、はい……すみません。噎せてしまいました」

「こんな時間に悪いな。どうしても手が離せなかった」

「あー……」

澄香の脳内は混乱していた。

葵に言われるままに電話をしたはいいが、何を言うかまでは考えていなかったのだ。

こんな時、一体何をどう訊ねるのが正解なのだろうと思うが、気の利いた言葉などまるで出て来ない。

「えーとですね。葵さんから電話をいただいたんです。仁さんがこっちに戻っているだろうと」

「ああ、葵お嬢さんに怒られたよ。ちゃんと連絡しなさいって」

「あの、じゃあもう京都にはいらっしゃらないんですよね？」

「ああ、今はわけあって大阪にいる」

「ええっ、大阪⁉　あの、それはまた何というかすごく意外なんですけど」

「ん。ちょっとな……」

澄香は電話の向こうの仁の声、吐息一つまでをも聞き漏らすまいと、全身全霊集中していた。顔が見えない分、仁の低い声に含まれた感情を無意識に探ろうとしていたのかも知れない。

言葉を濁した仁が、電話の向こう側で何かに気を取られているのが分かった。

次の瞬間、少し離れた場所から誰かが「仁さーん。お願い」と呼んだのが聞こえた。

親しげな女性の声だった。

「あ、山田。悪いな。まだ仕事が残ってるんだ。また電話する。オーナーにもよろしく言っておいてくれ」

言うだけ言って電話は切れた。

澄香はスマホを耳にあてたまましばらく動けなかった。ビジートーンの無機質な音を聞きながら呆然と立ち尽くしていたのだ。

なぜ大阪に?

仕事とは一体何なのか?

今の女性は……。

様々な疑問が頭の中を駆け巡っている。

衝撃と不安で頭がガンガンと痛む。ついで吐き気がした。

まさか仁に限って——と脳裏に浮かんだ想像を打ち消す。

想像といってもきちんとした形のあるものではない。仁が澄香の知らない女性と楽しそうに語らっている映像、大阪のどこかで彼が働いている姿、そんなものが重なり合って浮かんで消えた。

何故大阪で働く必要があったのか。

言い方は悪いが京都で彼がしなければならないことは終わったのだ。

何故こちらにまっすぐ帰ってこないのか。

悪い考えばかりが過る。

たとえば、向こうで誰か好きな人ができて、そのまま留まることにしたとか、あるいはもっと悪い方向に考えるのなら、こちらへ戻りたくない理由があるとか。

もし、その理由が自分だったとしたら——。

そこまで考えて澄香はぞっとした。

仁にとって、こちらへ戻ることはイコール澄香と正面から向き合うことを意味するだろう。

もし、それが嫌さに帰るのを避けているとしたら？　たとえば、こうやって時間を稼いでいるうちに、焦れた澄香が諦めて去ることを期待しているとか？

「はぁ」

ダメだ。自分はなんてことを考えているのだと澄香は思った。

仁がそんな男でないことは自分が一番知っているはずなのに。

だが——と心の中で囁くものがある。

自分が彼と一緒にいたのは一年半近くも前のことだ。

正確には一年と三ヶ月。長い月日だ。

澄香はおりおり堂に残り、桜子や周囲の人々と共に過ごしてきたが、仁がその間にどんな暮らしをしていたのかほとんど知らない。

今の仁が本当に以前の仁と同じだと言い切れるのだろうか。

「そ、そうだ。こんな時はハーブティーだよね」

気持ちを落ち着かせようと棚に載せたハーブティーのパッケージに手を伸ばす。

その時初めて澄香は自分の手が震えていることに気付き、いたたまれない気分になった。

桜子から学んだことの一つに、うつわと中身の相性というものがある。

料理はもちろんだが、飲み物だってコーヒー、紅茶の違いはもちろん、同じコーヒーでも銘柄によって味や香りが違う。

それに加え、場の雰囲気。そして食べる人、飲む人に一番相応しいうつわを選ぶといいと教わったのだ。

今、気分は最悪だが、それでも、いや、だからこそ、手近のカップで間に合わせるということはしたくなかった。

おりおり堂の奥、「歳時記の部屋」と名付けられた小部屋がある。

中に設えられたカウンター内の棚にヨーロッパアンティークのガラスのティーカップとソーサーのセットがしまってあった。

手書きで絵付けしたもので、パステル画のような淡い色彩でつるバラが描かれている。紅茶にも合うが、きれいな色のハーブティーを淹れてもとても素敵だ。貴婦人のような優雅な気分になれるのだ。

戸棚の高いところにしまわれたそのセットを取り出そうとして踏み台に乗った澄香は瞬間、軽いめまいを覚え、台を踏み外しそうになった。

慌てて柱に向けて伸ばした指は空を摑み、澄香は派手な音を立ててそのまま踏み台から転げ落ちてしまった。

「いたっ、たっ……」

床に長々と伸び、したたか打ち付けた腰の痛みに呻いた澄香は、目の前に転がっているものを見て血の気が引いた。

褐色の陶器が割れて破片が散らばっている。

「これは……」

言うまでもないが、おりおり堂にあるのはどれも大切なうつわばかりだ。

うつわは使ってこそ価値があるという桜子の考えにより、普段使いしているものの中にも、骨董や名のある作家の作品など、信じられないほど高価なものが混じっていたりするのだ。

だが、これは……。

澄香は呆然としながら、砕けてしまったマグカップの破片を拾い集めた。

見間違えようもない特徴的なカップだ。

かなり大ぶりで、ぶ厚い陶製のため無骨な印象を受ける。

焦げ茶色の釉薬がかかっているが、ところどころ垂れて流れたような跡があり、それが面白い模様のようにも見えるのだ。

特に名のある陶芸家の作ではないし、作りやデザインもいい加減なものらしいが、長い年月の間に使い込まれたそのカップは不思議な風格と存在感を放ち、いつも歳時記の部屋の棚の一番前に頑固そうに陣取っていた。

仁のカップだ。仁はこのカップをことのほか気に入っていて、コーヒーを飲む時は必ずこれを使っていた。

飾り気がないながらもぬくもりを感じさせる焦げ茶色の陶器はどこか持ち主に似ているようで、仁の手にしっくり馴染んでいた。

それだけではない。

このマグカップにはいわれがあった。

仁の祖父、つまり桜子の夫がかつて愛用していたものだというのだ。

仁は、子供の頃に祖父がこのカップでコーヒーを飲む姿を憧れと共に見ていたらしく、祖父が亡くなった後、何よりもまずこのうつわを譲り受けたのだそうだ。

思い返せば、澄香の記憶の中にいる仁はいつだってこのマグカップを手にしていたような気がする。

仁が手ずから淹れた香り高いコーヒーの湯気。香りと彼の物静かな姿が思い起こされ、澄香は手の中に破片を載せたまま、取り返しのつかないことをしてしまった後悔にうちひしがれていた。


翌朝、やって来た桜子は上機嫌だった。

何でも御菓子司玻璃屋のご隠居がＡＩ搭載のスピーカーを買ったはいいが、意思の疎通が難しく手を焼いているらしい。

そんな話を左門の声色を真似て、面白おかしく話してくれる。

弱々しい笑いを浮かべる澄香に、彼女はすぐに異変を察したようだった。

「あら、澄香さん。どうかなさったの？」

心配そうに顔を覗き込む桜子に、澄香は深々と頭を下げ、マグカップを割ったことを告げた。仁にとって大切なものだったのはもちろん、桜子にとっても亡き夫が愛用した品なのだ。

桜子は心持ちの安定した人で、いつも穏やかだ。澄香はこの二年半、彼女が声を荒らげたり取り乱したりしたのを一度も見たことがなかった。

だが、これはあまりにも失われたものが大きい。詰られるのを覚悟してうなだれている澄香の耳に桜子が「まあ」と声を上げるのが聞こえた。

かちゃんと破片の触れあう音がする。割れたマグカップを検分しているのだろうと思われた。

もし自分が桜子の立場なら、相手を声高に責めることはないかも知れないけれど、やはり落胆は隠せないだろう。

桜子は優しい女性だ。澄香の気持ちを慮って気落ちしたことさえ隠してしまうのではないかと澄香が危惧した通り、楽しそうにさえ聞こえる声で彼女は言った。

「あらあら、澄香さん。元気を出してちょうだい。形あるものはいつかは壊れるのよ。その時がたまたま昨日だっただけ。あなたのせいではないわ」

「いいえ、私が不注意だったからなんです。本当に申し訳ありません」

「あら、いやだわ。そんな深刻なお顔をなさらないで。わたくしだって博物館に所蔵されてもおかしくないような大変貴重な骨董を割ってしまったこともありますのよ」

桜子はおほほと笑い、澄香を励ましてくれたが、気持ちは晴れなかった。

文化財として価値があるものを割ってしまうことと、誰かの思い出が詰まったものを壊してしまうこと。

どちらも罪深いが、より心が痛むのは後者の方だろう。

ましてや、自分が好きな相手の思い出を、わざとではないとはいうものの踏みにじる形になってしまったのだ。

昨夜の仁の電話を思い出して、澄香は溜息(ためいき)をついた。

ただでさえ仁を遠く感じていたのに、自ら彼の大切な思い出を割ってしまうなんて、あまりにもタイミングが合いすぎて本当にもう終わりなのではないかと思えてきた。

「まあ、それじゃ仁さん大阪にいらっしゃるの？」

仁から電話があったことを伝えると、桜子も驚いたようだ。

「何をしているのかしら？」

「いえ、それが。まだ仕事中だとかで早々に切られてしまって」

「あらぁ、どうしたのかしらねえ」

桜子も首を傾(かし)げている。

そして、その二日後、桜子が言ったのだ。

「澄香さん、お遣いを頼まれて下さらないかしら」

「はい。どちらへでしょうか」

「大阪に行っていただきたいの」

「え。大阪、ですか……」

これまでにも桜子のお遣いに澄香一人で出かけたことはあるが、近場であったり気心の知れた相手が主だった。

どこへ行くのも、まずは澄香を伴う形で出かけ、桜子が相手に澄香を紹介するところから始まるのが常で、初見の相手先にいきなり澄香一人で出かけたことはなかった。

「私一人でよろしいんでしょうか？」

「連絡は入れてありますの。先様は気さくな女性ですし大丈夫ですよ。ついでにね、澄香さんあなた、仁さんに会ってらっしゃい」

「え、仁さんにですか？」

「そうよ。電話でお話ししても埒が明かないでしょう。こういう時はね、顔を見て話をするのが一番なのよ」

というわけで、今、澄香は箕面にいるのだ。

私鉄駅からバスで十五分ほど。バス停から五分ばかり歩いた坂の上、目的のお宅はすぐに見つかった。

なかなかの豪邸揃いの住宅街だ。

その一角に、山小屋風というのだろうか、煉瓦造りの洋館が建っている。こぢんまりした建物ではあるが、すぐ後ろまで迫る雑木林を背景に建つ姿は一幅の絵画のようだった。

「遠いところをようお越し下さいました。お疲れでしょう。さぁ、どうぞ」

そう言いながら紅茶を出してくれるのはこの家の主だ。

澄香は少々面食らっていた。想像していたのとはずいぶん印象が違ったからだ。

彼女の名は吾妻美冬、年齢は四十代後半といった辺りだろうか。

高名な金継ぎ師だった。

扱うものは違っても、職人というのは大なり小なり気難しい面があるような気がする。

それは性格的なものというよりも、一つの仕事をとことんまで突き詰めていく仕事の性質上、自然に生まれてくるこだわりのようなもので、料理人である仁にも共通する。いわば矜持のようなものではないかと澄香は考えていた。

だが、彼女は表情も身のこなしも、そして少しだけ言葉に混じる関西訛りさえほわほわと柔らかく、少女の面影を残した女性だ。

服装も地味ながらレース襟のついたブラウスにプリーツスカート、襟元にはカメオのブローチ。髪は肩までの黒髪をハーフアップにしてアンティークのバレッタで留めてある。

そのファッションに違和感がないどころか、彼女の雰囲気にとても似合っていた。

小柄なことも手伝って、遠目にはちょっと学生のようにも見えるのだ。

美冬には柔らかい笑顔で少し首を傾げながら、相手の話を待つ癖があった。初対面ながら、いつの間にか澄香はとても親しい友人と対峙しているような錯覚を覚えていた。

親しみやすい人物だ。

紅茶と、美冬の手作りだというおいしいロールケーキをいただきながら、話を聞いた。

彼女の父は京都の金継ぎ師で、その世界では知らぬ人のない重鎮ともいうべき存在だ。

「骨董・おりおり堂」で扱う骨董にも、彼の手により修復されたものが何点かあった。

これは先代と親しくしていた桜子が修復を依頼したものもあるし、既に金継ぎがなされたものが回り回っておりおり堂へやってくるようなこともあった。

金継ぎが施されたうつわというのは骨董の世界では決して珍しくない。

腕のいい金継ぎ師の手により継がれたうつわは、それ以前よりもさらに高い付加価値がつくことがあるのだと桜子から聞いて澄香は驚いたことがある。

金継ぎとは、割れたりひびの入った焼き物を漆で継ぎ合わせ、修繕する技法だ。

さらにその跡を金や銀などの蒔絵で装飾するのでこう呼ばれる。

縄文時代よりあった修繕方法だという話だが、室町時代に茶の湯が盛んになるのと同時に、わびさびの精神もあいまって、この技法もより洗練されていった。

「昔は今と違って陶磁器が高価でしたから、こうして大切に繕って使い続けていたのでしょうね」

　桜子はそう言って、継ぎのあるうつわを澄香に見せてくれた。

　金継ぎの特徴は修繕の跡が目に見えるところにある。

　金や銀の蒔絵はもちろん、着色した漆で描かれた線を景色に見立てるのも、うつわの楽しみだと教わったが、正直なところ、澄香は「そうなのか」と思っただけだった。

　桜子から学ぶべきことは膨大で、基本的な知識を詰め込むのに精一杯。それらを楽しむなどという境地にはほど遠かったせいもある。

　だが、金継ぎに関していうならば、骨董に「味」のようなものが出るのは何となく分かるものの、それは骨董の世界にだけ留まるのだと思っていた。

　たとえば、先日のマグカップを澄香は当初、透明の瞬間接着剤でくっつけられないだろうかと考えたのだ。

　しかし、破片の一部は完全に砕け散り粉状になってしまっている。第一、不器用な上におおざっぱな性格の自分が無理やりくっつけたって、どう考えても元の通りにはならないだろうし、たとえ接着剤が透明であったとしても、継ぎ目に走る線を消してしまうことはできそうもなかった。

　この継ぎ目の線を逆手にとって装飾とするのが金継ぎの考え方だ。

　名のある茶器などならばいざ知らず、普段、食卓で使う食器にひび割れが走っている情景はちょっと想像できなかった。

たとえそれがきちんと繕ってあり、使用には差し支えないと言われても、食卓に並べるのは躊躇(ちゅうちょ)してしまいそうだ。

骨董の金継ぎならば「わびさび」で、そんなものだと思えるが、普段使いの食器にひび割れがあれば、ちょっと貧乏(びんぼう)くさいと感じてしまうのではないかという危惧を覚えた。

しかし、今、美冬が飲んでいる紅茶のうつわはまさしくそれだった。

澄香に出されているのは華(はな)やかな果実が描かれたボーンチャイナで、カップにソーサー、ティーポットや砂糖壺(つぼ)にミルク入れまでセットになっている。

ところが、美冬のカップは別のものだ。

白地に藍(あい)で描かれた上品な絵付けだ。

似たようなものをヨーロッパ製の磁器で見かけたことがあるが、その絵柄というか、色合いも含めて微妙に何かが違うようだ。

澄香程度の眼力では詳しいことは分からないが、どことなく由緒ありげに見える。

そのうつわには派手なひび割れがあり、金継ぎで修繕してあった。

「そのカップはヨーロッパのアンティークか何かですか？」

桜子の許で見たことのある金継ぎは日本製の陶磁器に施されたものばかりだった。洋の東西を問わず、陶磁器であれば継ぎを施すことは可能なのだろうが、こうして見るとかなり意外な気がする。

　美冬は目を大きく見開き、すぐにふにゃっと笑顔に変わった。彼女の頬は柔らかく表情に合わせてよく動くのだ。

「いいえ、アンティークではないんですけど、思い出のあるうつわなんです。ある日ぃね、私の不注意で割ってしまって。でもどうしても諦めきれなくて、ずっと破片を持ち歩いていたんです」

　不注意で割ってしまったと聞いて、澄香はどきりとした。

　実は今日、仁の祖父のマグカップを持ってきている。

　桜子のお遣いはひびの入った骨董に金継ぎを依頼するものだったが、ついでにこれも見ていただきなさいと持たされて来たのだ。

　先代の父ほどではないにせよ、美冬も高名な金継ぎ師だ。

　そんな人に、「こんな」と言ってしまっては身も蓋もないし、割ってしまった当の本人が言うべきではないのは分かっているが、普段使いの名もないうつわの修繕を頼んでいいものかどうか、正直なところ、澄香ははかりかねていたのだ。

　美冬は若い頃に父から金継ぎの技術を教わったものの、その道には進まなかったそうだ。

　美術館の学芸員として国外に出たのだ。

　赴任先で手に入れたこのカップを割ってしまい、修復をと考えてはみたが、金継ぎは漆を使うものだ。国外では漆の入手も難しいし、道具も容易には手に入らない。

「でも、そんなのは些細なことよね。その気になればどうにでもできたんやと思います」

そんなことよりも、と美冬は愛おしそうにカップの表面に縦横に走る金の割れ目を指先でなぞった。

「やっぱり私には怖てでけへんかったんです」

「怖かった？」

「ええ。どんなにうまく繕っても割れたことをなかったことにはできないでしょう。金継ぎといえども元の何もなかった状態に戻せるものではないものね。ましてね、このカップはそれ自体がとても強い存在感を持っていたから。そんなすごいうつわに、私のような中途半端な立場の者が手を入れていいのかどうかと思うと怖ぁて手が出せませんでした」

結局、美冬がこの破片を繕ったのは、日本に戻り父の許で改めて修業をし、自分でもそこその技術が手についたと思えてからの話だそうだ。

このカップは割れてからの十年以上をかけらの状態で眠り続け、ようやく本来の形を取り戻したのはつい昨年のことらしい。

「でも、素敵ですよね。何だか金の模様みたいです」

お世辞ではない。本当だ。

控えめに彩色された金がまるで最初からデザインされていたかのように、白地と藍を引き立てて美しく仕上がっている。

「そうやろかしら。でもそう言っていただけると嬉しいですけど」

その出来に満足していることは、顔をくしゃくしゃにして笑う彼女の表情を見れば一目瞭然だった。

お茶を飲むと、美冬は澄香をアトリエに案内してくれた。

この家は前の持ち主が画家だったそうで、リビングの隣に広いアトリエがあるのだ。

アトリエは一面全部が大きな窓になっていて、庭のフェンスの向こうに雑木林が拡がっている。

「うわあ、素晴らしい景色ですね」

いつの間にか雨が降り出していたようだ。

折しも吹いた風が雨に濡れた緑をざあっと渡っていくのが見えた。

「でも、ここでお一人って少し寂しくないですか？」

澄香は相変わらず狭いマンションの部屋に住んでいる。決して住み心地がいいとはいえないが、少なくとも防犯上の心配は少ない。

玄関を入る時に侵入されでもしない限り、勝手に入り込んだ誰かが潜むスペースさえないからだ。

だが、ここには広いリビング、アトリエに加え二階もそれなりのスペースがある。

一人で住むには少し心細い気がするのだ。

静かな家だ。静かな室内に雨音が聞こえる。

照明の届かない廊下の隅には暗がりがあって、季節に似合わずしんと冷たかった。

「うふふ、もう慣れました。ご近所の皆さんもよくして下さるし」

美冬はこの家とカルチャーセンターで金継ぎの教室を開いている。

最近では金継ぎへの関心が高まっており、受講者も増えてきているそうだ。

「一般の方が金継ぎを？」

澄香は意外に思ったが、美冬はアトリエの造り付け棚に並んだ様々な素材や形のうつわを手で示した。

「金継ぎは決して骨董だけのものではないんです。大切なうつわを割ってしまって残念だと思う気持ちは誰にでもあるものやし」

そこに並べられているのは受講者たちが繕っている途中のうつわたちだ。

カラフルな皿や茶碗、そうかと思えば焼き物の杯などもある。

「お値段は関係ないのとちがいますやろか。たとえ百円で買ったものでも、思い出深いものは繕ってでも使い続けたい、手もとに置いておきたいと思うものやから」

彼女が言う通り、大量生産されたとおぼしきものもある。何の飾りもないシンプルなカップや皿が大切に修繕されているのを見ると、心がほうと温かくなるような気がした。

「あの、美冬先生、もう一つお願いしてもいいでしょうか」

　桜子に頼まれた骨董について一通り話をした後、澄香はおずおずと切り出した。

「これは私からのお願いなのですが、橘オーナーの亡くなったご主人が愛用されていたマグカップを私の不注意で割ってしまったんです。オーナーやお孫さんが大切にされていたものなのに」

　破片を見せると、美冬は一旦しまっていた眼鏡をケースから取り出し、「ほうほう」と言いながら検分を始めた。

「もちろんですとも。でも、できたらどんな風に繕っていくのがええんか、澄香さんにも一緒に考えていただきたいわ」

「あ、はい……もちろんです」

　とは言ったものの、実のところそのお役目を果たすのが自分などでいいのだろうかと思わなくもなかった。

　桜子や仁が満足いくように繕ってもらうべきなのではないかと思ったのだ。

　しかし、これを割ってしまったのは自分だ。

　桜子には頭を下げたが、現在の持ち主である肝心の仁にはこれを割ってしまったことさえ話すことができていない。

　桜子に言わせると「一年も使わずに放っておいたら、うつわが嫌がって逃げ出します。

それくらいのこと、仁さんだって分かっているはずよ」だそうだ。

だから文句を付ける立場にはないのだというような意味らしいのだが、やはり仁が戻ってきた時にお気に入りのマグカップがないのでは申し訳が立たない。

何とか元通りにカップを用意して、彼が戻るのを待っていたかった。

「うつわが逃げ出すとおっしゃったん？　ああ、おかしい。さすがは橘先生やわ」

話を聞いて美冬はけたけたと笑っている。

「そうやね。うつわって案外、気に入らない持ち主からは逃げ出すものかも知れませんね。そして、また巡り巡って手もとに戻ってきたりもするんやから不思議です」

「はあ……」

そんなものかと思った。

正直なところ、澄香はおりおり堂に出会うまではあまりうつわを意識したことがなかった。

一人暮らしを始めた当初に数百円で買った食器をいまだに使い続けているありさまだ。

愛着を感じるほどではないし、仮にゴミに出した安価なうつわが手もとに戻って来たらむしろ怖い。

そんな自分に割られた上に繕いに出されるとは、このマグカップの不運も相当なものだと思ったが、美冬は肩をすくめた。

「あら、ええんですよ。澄香さん、ずっと見てはったんでしょ？」

「えっ」

「あら違ぉた？　今の持ち主のお孫さんが使っているのをずっとご覧になっていたんやったら、よう見てはるはずやと思ったんやけど」

確かに、マグカップ込みで仁を見ていた気もする。隙あらば彼を見ていたし、何なら盗み見もしていた。

「なら大丈夫です。適任やわ」

美冬がそう太鼓判を押すので、澄香もそんな気になってきた。

というわけで、翌日からも引き続き、美冬のアトリエを訪ねることになったのだ。

美冬は泊まっていけばいいと勧めてくれたが、初対面でそこまで甘えるわけにはいかない。

こんな事態を予測していたのかどうなのか、桜子はこの大阪出張に一週間の期間を充てていた。気前よく一週間分のホテルを予約したうえで、澄香を送り出したのだ。

「でも、オーナー。吾妻先生にお願いするのに一週間もですか？」

戸惑う澄香に桜子は、おほほと笑った。

「だってあなたには仁さんを探していただかなきゃなりませんもの。一週間ぐらい必要ではなくて？」

「そんなに、ですか？」

思わず桜子の顔を見直してしまった。

一応、仁とは連絡はついているのだ。よほど避けられているのでもない限り、すぐに会えるはずだと澄香は思っていた。

むしろ問題は自分にその勇気が持てるかどうかの方なのだ。

正直なところ、今の澄香は仁の顔を見るのが怖かった。

もし、誰か澄香の知らない女性と一緒にいたら？　もし、東京には戻らないと言われてしまったら？

そんなことを考えると大阪に行くことさえためらってしまう。

澄香の気持ちを知ってか知らずか、桜子はいたずらっぽく首を傾げた。

「さあ、分かりませんけど、もし早々に捜し物が見つかったら、後は大阪観光でもしていらっしゃいな。歴史のある街ですから面白いものも沢山ありましてよ」

そんなわけで時間はたっぷりあった。

そして、ある意味、美冬のところに通うのは澄香にとってありがたいことだった。

仁に会いに行くのを引き延ばす口実ができたからだ。

金継ぎはまず、破損状況を調べ、どのように繕っていくかを決めるところから始まる。

マグカップは大きく六つに割れていた。

底の部分から左斜めに三センチ程度を残しているのが一番大きい部品だ。持ち手も途中で割れてしまっている。

次に大きいのが持ち手の部分を中心とした円形の部品。しかし、持ち手も途中で割れてしまっている。


美冬はテーブルの上に敷いた紙の上で、ジグソーパズルのようにパーツを組み合わせ、マスキングテープで留めていく。

その結果、飲み口の辺りに一センチ程度の半円状の欠損が生じていることが分かった。加わった衝撃が大きかったのか、粉々に砕けてしまい、捨てざるを得なかった部分がここに当たるらしい。

澄香は落胆した。

桜子のお遣いで持参した骨董の皿はきれいに二分割されており、欠損はなく、ぴたりと継ぎ合わせることができた。

美冬はこれに元の皿の絵柄に合わせる形で金蒔絵を施すと言っていた。

だが、マグカップの方は複雑に割れている分、縦横に継ぎが走る結果になりそうだし、肝心の飲み口が欠けてしまっているのだ。

どう考えたって満足のいく出来にはなりそうもなくて、澄香は溜息をついた。

「こんなに大きく欠けていると繕うのは難しいのではありませんか？」

もういっそ修復不能と言われてしまえば諦めもつくだろうと思って訊いたのだが、澄香の言葉に美冬は驚いたような顔をした。

「あら、そんなことはないですよ。昔のうつわにはもっと大きな欠けがあることも珍しくないですし」

欠損部分を補うにはそれ用の粉を混ぜた漆で成形するのが基本だが、欠けた部分が大きい場合、別のうつわをくっつけてしまうこともあるそうだ。

陳列用の棚に並べた繕い済みの作品を美冬が示す。緑地の焼き物に、一部まったく趣の異なる有田焼か何かの華やかな絵柄の破片が挟み込まれ、金の蒔絵で装飾されている。まるで最初からそんなデザインのうつわであったかのようにしっくりと馴染み、何の変哲もないうつわがとてもモダンなものに生まれ変わっているのだ。

この手法を呼び継ぎというそうだ。

「何だかまったく別のうつわになったみたいですね」

澄香の感想に美冬が頷く。

「そうでしょう。これはこれで色々遊べていいんやけど、でも今回のマグカップはできるだけ元の姿に近づけながら、違う景色も見えるといいなと思うんやけど、澄香さんはどうお考えになります？」

もちろん澄香に異論などない。

美冬が泊まらないのならせめて夕食を食べていけというので、お言葉に甘えることにした。誰かが料理をするのを手伝うのは得意とするところだ。

美冬はなかなかの料理上手で、手際がいい。あっという間にテーブルの上に季節のごちそうが並んだ。

生徒さんからの頂き物という鮎の塩焼きに揚げ出し豆腐。アスパラの入った白和えに赤ずいきと薄揚げの煮物。それに炊きたてのつやつやした白米とミョウガの味噌汁だ。

京都育ち、大阪在住の美冬の味付けにはどことなく仁の料理を思い出させるものがあった。もちろん、どれも家庭料理なので素朴なものだが、関西のだしや食材がそう思わせるのだろうか。

「お口に合いますかしら？」

「おいしいです、とても」

お世辞ではなくどれも本当においしかった。赤ずいきの煮物を箸で取り、澄香は思わず呟く。

「ずいきでしたか、これは」

「ああ、ご存じでした？　関東の方はあんまり召し上がらへんみたいですし、どうかなとは思ったんですけど」

忘れるはずもない。

仁と過ごした一年間の中で、特に印象に残っている時間がいくつかあった。

その一つが七夕の夜だ。

桜子と仁、澄香の三人で仁の作った料理を囲んでささやかな宴を持った。

澄香は桜子の着物を着せてもらい、願い事を短冊に書いて笹に結んだ。

白絣、茄子紺に北斗七星の刺繍が施された帯、金赤色の帯締め、トンボ玉のかんざし。着慣れない和服で、ぎこちなくお酌をし、また仁からお酌をされるという僥倖に胸躍らせたのも懐かしい思い出だ。

ふと、この大阪の地にありながら、あの時、和服から立った匂い袋の柔らかな香りを感じたような気がして、あっと思う。

記憶を思い起こさせたのは赤ずいきだった。

あの夜のメニューは生蛸、鱚の昆布締め、枝豆豆腐、アジの大葉挟み揚げ、そして車エビに星に見立てたオクラ、様々な薬味を載せた素麺と鱧の棒寿司といった豪華なものだったが、その中に赤ずいきと薄揚げの煮たものがあったのだ。

ずいきとは里芋の茎だ。

桜子から七夕は本来、里芋の葉に降りた朝露を集めて墨をすり、短冊に書くことで書の上達を願うものだと聞いていた。

おそらく、仁もその故事を知ったうえでこの食材を選んだのだろう。

『ずいきのたいたん』と美冬が呼ぶこれはまさしく京都のおばんざい、庶民のお総菜といった印象が強い。京都育ちの美冬は母からこの料理を習ったそうだ。

「なんや大したものではないんやけど、時々無性に食べたくなるんです」

外国で暮らしていた間は当然手に入るはずもなく、ずっとこれを食べることを夢見ていたのだと聞いて切なくなった。

「でも、これもね、母のたいたんとはどこか違うんよね。息子もおばあちゃんのが大好きで……」

はっとしたように口を噤んだ美冬に澄香はびっくりした。

美冬は独身だと聞いていたのだ。

子供がいるとは初耳だ。

だが、あきらかに口を滑らせてしまったという顔をしている美冬にそれ以上のことを訊くのも憚られ、当たり障りのない話題に切り替える。

それにしても、と澄香は笑顔で話しながら、内心では先ほどのやりとりをぼんやりと反芻していた。

美冬の言うことがよく分かるのだ。

仁が作っていた料理を澄香自身が再現しようと奮闘しても、どこかが違う。いや、そこは足もとにも及ばない。当たり前だ。

　しかし、桜子でさえ違うのだ。

　元々、桜子の料理に憧れて仁は料理人を目指したという話であるし、桜子もまたびっくりするぐらいの料理上手だ。家庭料理とは思えないようなものを簡単に作ってしまう。

　しかし、出張先でお客様に出す料理はプロが仕事として供するものであり、レベルが高いのは当然のことながら、仁が桜子や澄香のために作ると、ごくありふれた家庭料理でさえ、ひと味もふた味も違うものになった。桜子の料理もおいしいが、仁の作るものはさらに格上の感じがする。同じレシピのはずなのに何かが微妙に違っているのだ。

　それは桜子も認めていて、「何だか悔しいけれど、仁さんには敵わないわ」といつも笑うのだ。

　その度、仁は「そんなことは」と謙遜していたが、一度、ぽつりと言ったことがあった。

「俺にはオーナーの作る料理の方が何倍もうまいと感じられます」

　仁は桜子の孫だ。とはいえ血のつながりはなかった。

　詳しいことは澄香も知らないのだが、仁の幼い頃を知る左門や桜子の話を総合すると、どうやら仁は実家の両親との折り合いがあまり良くないらしい。

　仁の父は桜子の夫の息子だが、桜子の実子ではない。この辺りのことは何やら複雑で澄香も訊くのを遠慮しているが、桜子自身、仁の両親とは行き来をしていないようだ。

両親とぶつかり行き場をなくした仁が心の拠り所にしていたのが桜子なのだ。

仁に言わせると、仁の実家では両親がとても忙しく、家族揃って温かいものを食べる機会もなく、桜子のもとへ来て初めて家庭的な料理に出会ったということのようだ。

桜子は澄香を後継候補としてはもちろん、時には孫のように可愛がってくれている。

もちろん、澄香がどんな気持ちで仁を待っているのかもすべてお見通しで応援してくれているのだ。

だが、澄香はもう一年半近くも仁の料理を食べていない。今の澄香にとって、仁の料理は記憶の中にだけ存在するものだった。

京都では肉体労働のような仕事をしており、あえて料理の仕事には就いていないと聞いている。

この間、仁は料理らしい料理をしていないはずだ。

澄香の危惧はここにもあった。

もしかして仁はもう料理人には戻らないのではないか——。

そして、その場合、おりおり堂へは戻ってこないのではないかという気がする。

もし、離れた時間の中で澄香のことを彼が忘れ、どうでもいい存在に成り下がっているのなら、澄香を応援し共に待ってくれている桜子に会うのも気が重いだろう。おりおり堂には戻りたくないのかも知れない。

七夕が近づいている。

去年は桜子と左門やご隠居様、古内(ふるうち)医院の先生方を招いたが、今年はまだ何の予定も決まっていない。

仁が戻ってこない以上、あんな時間は二度と持てないだろう。

もう自分は仁の作った料理を口にする機会もないのかも知れない。

そう思うと気持ちが沈み、だしと醬油(しょうゆ)、みりんと酒をたっぷり含んだ赤ずいきが悲しい食べ物のように感じられた。


食後、美冬はマスキングテープで仮留めしたマグカップを見ながら言った。

「澄香さんは何色がいいと思います?」

何のことを訊かれているのかと思ったが、美冬が言うのは仕上げの装飾のことだった。

金銀の蒔絵はもちろん、白、黒、べんがらなどの色漆で彩色して仕上げることもできるのだという。

当初、澄香がイメージしたのは金の蒔絵だ。褐色のマグカップに金の縁取りがいいのではないかと思ったが、金継ぎが施された様々なうつわを見ているうちに考えが変わった。

「銀、じゃ地味でしょうか」

褐色の濃淡に銀の蒔絵。

もしかすると澄香は目立たない方を選ぶことで、無意識に自分の失敗を覆(おお)い隠すことを企図していたのかも知れない。

しかし、美冬の答えは意外なものだった。

「いいですね。私もその方がええかなと思ってました。銀はね、澄香さん。時間と共に色が変化していきます」

いぶし銀と呼ばれるものがそれで、当初のきらびやかな輝(かがや)きが落ち着いた色合いに変わっていくそうだ。

「金継ぎは、割れてしまったうつわを修繕して元通りにするだけではあらへんから。このうつわに新しい景色を加える作業でもあるんですよ」

新しい景色――。

どんな仕上がりになるのだろう。

果たして仁はマグカップを割ってしまった澄香のことを許してくれるだろうか。

それとも、このまま帰ってこなくて、マグカップともども澄香は忘れられてしまうのだろうか。

いや、それでも。と澄香は己を鼓舞した。

とにかく仁に会いに行かなければ。

そしてマグカップを割ってしまったことを報告して謝らなければならない。

たとえそこで仁が何をしていたとしても、もしかして他の女性と一緒にいるようなことがあったとしても、やはり行かないわけにはいかないのだ。

仁からは今いる場所の住所だけを知らされていた。そこに何があるのかは検索しても分からなかった。誰かの家があるのか。仁がそこに住んでいるのか働いているのかも、よく分からない。それ以上、詮索する気にならず澄香は早々に諦めてしまった。

その理由は分かっている。

何か決定的な事柄が出てきてしまうのを恐れていたのだ。

六日目、澄香は住所を頼りに最寄りである私鉄の駅に降り立った。

海に近い街だ。駅から幹線道路沿いに十分ほど歩くと商店街がある。

市街地から海へと続く道路は非常に交通量が多い。外国船の貨物を運ぶトレーラーや、倉庫や物流センターへ向かう大型トラックが往来する脇の幅広い歩道を進む。

車の音、大型車が巻き上げていく風、歩道沿いに並ぶ店舗の放送など、かなり騒がしい。しかし、商店街に一歩足を踏み入れると、外の喧噪が嘘のように静かだった。寂れているといった方がいいかも知れない。

まだ午後の三時だというのに、シャッターの下りた店ばかりが目につくのだ。

アーケードの下部には揃いのデザインの看板が店の名前を示しているが、実際に営業しているのはごく僅かで、やたら目につくのは介護用品を扱う店や調剤薬局、介護ステーションばかりだった。派手な看板を掲げるパチンコ店の自動ドアが開くと、ざああっと大きな音が流れ出してくる。

歩いているのもお年寄りが多く、自転車に乗った主婦らしき人が忙しそうに過ぎていった。

仁に教えられた住所はまさにこの辺りだ。

こんなところに仁さんが――？

半信半疑のまま澄香はきょろきょろと辺りを見回す。

商店街を突き抜ける形でいくつも道が延びている。いくつか覗いてみたが、住宅街の中に商店街があるような感じなのだろう。公園が見えるほかはひたすら住宅が並んでいた。

「じゃあ、やっぱりお家なのかな……」

スマホの地図を見る限り、次の筋を左に曲がった場所のようだ。

角を曲がった澄香はぎょっとして足を止めた。民家の中に一軒だけ、派手な色彩で飾られた建物が目に留まったからだ。

建物の構えは普通の民家のようにも見える。

だが、入口の前にはのぼりや花、ごてごてした飾りのついた看板が立てられており、単なる民家ではないことは明白だった。

その前に人だかりができている。

三つばかりある人だかりの中心は何かと目をこらして見て驚いた。

どうやら花魁と武士のようだった。

花魁と武士？　この二十一世紀の世の中に？　一瞬、夢でも見ているのかと思った。

慌ててぱちぱちとまばたきをしたが、目の前の景色は変わらない。

ようやく頭が追いつき、周囲の景色や人々の情報などを総合して理解した。

どうやらここは芝居小屋ともいうべきものらしい。

正直、びっくりした。住宅街に何故こんなものがあるのかと思った。

突然現れた非日常の景色にぽかんと口を開けている。

まさか、まさかねと澄香は額の汗を拭いながら考えていた。

結構、蒸し暑いのだが、冷や汗なのかちょっと冷たい感触が残る。

どうしよう。仁さん、もしかして役者に転身したのだろうか——。そんな馬鹿なと思ったが、しかし、そもそも俳優やモデルといわれてもおかしくない容姿の持ち主だ。

そう考えると、ありえないことではないのか……。

澄香は自動販売機の陰から遠巻きに芝居小屋を眺めつつ、立ち尽くしていた。

そういえばあの武士、背格好が仁に似ているような気がする。顔は人垣に阻まれてよく見えない。いや、正直見たくない。

もうこのまま帰ってしまった方が幸せなのではないか、いや、しかし、どんな残酷(ざんこく)な現実が待っていようと、しかと見届けなければ桜子に報告ができないなどと、頭の中で様々な思惑がぐるぐる渦巻(うずま)いている。

「山田？」

不意に背後から声をかけられ、澄香は文字通り飛び上がった。

聞き覚えのある声だ。というか、知り合いもいないこの土地で澄香に声をかける者は一人しかいない。

しかし――。

一瞬、澄香は振り返るのを躊躇した。

背後に立つ人物が舞台化粧(げしょう)だったらどうしようと思ったのだ。

目を瞑(つぶ)って、ええいと振り返る。

一息に目を開けた先にいたのはやはりというべきか。仁だった。

思わず溜息をつく。

そこに立つ仁は舞台化粧などではなく、記憶の中と寸分違わない彼だったのだ。

仁は黒いTシャツに黒のデニムを穿(は)いて、髪をハーフアップにしている。

かっこいい。ワイルドさが増した印象だ。きらきらと光を放つ幻が見える。

「あああっ。お、お久しぶりです。山田です」

「いや知ってる」

くくと笑われてしまった。

「わざわざ来てくれたのか」

「あ、ひゃい」

噛んだ。

「あの、桜子オーナーのお遣いで大阪に来る用がありましてですね。お邪魔かとは思ったのですが、その、お顔を見に上がりました」

「ありがとう。嬉しいよ」

ハア、と澄香はそのまま後ろに倒れそうになった。夢に何度も見たが、とんでもないイケメンの至近距離の笑顔の破壊力というのは凄まじい。

ああ、これだけでここまで来た甲斐があったというものだ。ありがたや、ありがたやと胸中で唸りながら、もうこれで満足して帰ろうかと一瞬思ったほどである。

「山田、この後時間あるか？」

「は、はい……」

返事はしたものの、実のところ澄香の脳内には様々な思念が入り乱れ、収拾がつかなくなっていた。

彼が何故ここにいるのか、何をしているのか。今は普段着姿だが、もしかして役者に転身したという可能性も捨てきれない。

とにかく現在の仁の境遇を聞き出さなければならないという使命感に心は突き動かされつつも口はうまく回らない。

いつものパターンである。

と同時に、もしや夕ごはんを一緒に食べようと誘われるのではないか、という邪な期待が心中に渦巻いていた。

厚かましいぞ山田澄香、とたしなめる自分も内包しながら、夢想は夏空の雲のように湧き上がるのである。

何しろ一年三ヶ月ぶりの再会だ。

たとえ、一上司、一部下の関係であってもこんな局面で食事を共にすること自体は特段珍しいことではないような気もするが、それをデートというワードで変換した途端、全身の動きがぎくしゃくするのが山田澄香という人間である。

いや、待て。しかしだ——と浮かれた頭に警鐘が鳴る。

もし、もし万が一この機会に彼女を紹介してくれるつもりだったらどうしようという後ろ向きな考えが不意に脳裏に浮かんだ。

更にもっと悪い想像が遅れてやってきた。

たとえばそれが単なる彼女ではなく、妻だとしたら？

妻！　思った以上にダメージが大きく打ちのめされて、めまいがした。

「山田悪い。折角来てくれたのに悪いが」

仁の言葉をそこまで聞いて、あ、これはダメなヤツだと思った。多忙を理由に追い返されるのだろうとネガティブ予想に覚悟を決めた次の瞬間、仁は言った。

「ちょっと手伝ってくれないか？」

「はい？」

というわけで、澄香は今、芝居小屋の上階にあるキッチンでコンロの上の寸胴鍋（ずんどうなべ）を見ている。鍋の中身は鶏（とり）がらとショウガ、ねぎの青い部分に色んなくず野菜がよく煮込まれて、しんなりしている。

鶏がらのスープを煮出しているのだとは思うが、鍋の大きさといい量といい、家庭料理は元より、まかないの範疇（はんちゅう）もはるかに超えていそうだ。

これを何に使うかにもよるが、人数にして、五十人分？　いやそれ以上かも知れない。狭いキッチン一杯に鶏がらの匂いが充満している。ラーメン屋の厨房（ちゅうぼう）にでもいるような錯覚を覚え、澄香は周囲を見回し、首を傾げた。

これまでまったく縁がなかった世界なのでよくは分からないが、どうやらここは大衆演（えん）劇（げき）と呼ばれる分野の公演を行う劇場らしい。

元は工場だった建物を改造して、一階は芝居を上演できる舞台と客席、元々居住用スペースだった二階はそのまま劇団の人たちが寝泊まりできるように作り替えたそうだ。

いわゆる大衆演劇専門の芝居小屋である。

大衆演劇の一座は日本全国を旅しながら、一月ごとに場所を変え、このような常打ちの小屋のほか、健康ランドやホテルなどの舞台に出演するものらしい。

仁は黙々と山のような野菜を刻んでいる。

「あの、これはまかない？　ですか」

表に出ていた人は数人だったが、他にも劇団員が大勢いるのかも知れない。

これぐらいの量が必要なのかと思ったが、仁は「いや」と首を振った。

「今日は座長のふるまいで、夜の部が始まる前にお客さんに配るんだ」

「へええ」

本日のメニューはミネストローネだ。

材料はベーコン、玉ねぎ、じゃがいも、にんじん、セロリ、パプリカ、カブ、キャベツ、トマト缶。オリーブオイルで玉ねぎ、にんにく、ベーコンをいため、ついでじゃがいも、にんじんをすべて一センチ角に切ったものをどんどん放り込んでいく。

キッチンといっても、シンクが少し大きめなことを除けばこぢんまりしたものだ。

そこにとにかく物が多い。

各地の名産品の名前が入った段ボール箱が山と積み上げられているかと思えば、カセットコンロにホットプレート、大阪らしくたこ焼き器なども複数ある。

水やお茶、ジュースの箱、米の入った大袋で通路が塞がれているといったありさまで、仁と二人入ればぎりぎりの広さだった。

ファミリー向けの大型冷蔵庫が置かれているが、中を覗くと名前を書いた飲み物のペットボトルや大量の密封容器、ケーキの箱などが雑然と詰め込まれている。到底料理をしやすいとはいえないキッチンだった。

澄香は面食らっていた。

「ちょっと持っててくれ」と言われ、ざるにキッチンペーパーを敷いたものを持っていると、寸胴一杯の鶏がらスープを仁がざばあっと直接野菜の鍋に投入したのだ。

もうもうと上がる湯気で顔面が一気にしっとりとした。

「な、何やらワイルドですね」

「うん。ここは狭いし、とにかく忙しいからあんまり時間かけてられないんだよ」

驚いた。仁の作る料理といえば繊細さが身上なのだ。

京都の料亭での修業時代に培ったのであろう丁寧さ。それは調理の過程や盛りつけだけではなく、食材や使う道具の扱いにまで徹底していた。

たとえ出張に出かけた先で作るものがカレーライスや焼きそばであっても（そんなリク

エストが実際に何度かあった）、彼の仕事は丁寧で繊細さを感じさせたのだ。

どんなに忙しくてもどこかに妥協を許さない部分があったように思っていたが、今、久しぶりに見る彼の料理はありえないような適当さだった。

「それ、取ってくれ」

仁に言われるままに片隅に置かれた紙袋を探ると、大豆の水煮のパックが山のように入っていた。三十袋はありそうだ。

「すごい数ですね」

「いただきものなんだよ。悪いな、封を開けて湯通ししてくれるか」

「あ、はい」

言われるまでもなく先ほどの寸胴鍋は洗い終わっている。

そこに水を張って湯を沸かしていると、野菜を鍋に投入し終えた仁が今度は炊飯器の蓋を開きながら、こちらを見た。

「さすがだな山田……。やっぱり仕事が格段にやりやすい」

ボソッと言われ、心臓がぎゅんっとなった。

はああ、と天を仰いで溜息をつかざるを得ない。

やっぱりとんでもないなこのイケメン。

これが作為的なものでないどころか無自覚とは重罪じゃないのかおいと思ったが、もちろんそんな言葉を口にできるはずもなく、ようやく絞り出したのは「いや、そんな……」という愛想もくそもない返答だった。

頭では分かっている。「そう言ってもらえて嬉しいわ、仁」とか何とか、とにかくそのような意味のことを言うべきなのだ。

こちらがそう言えば、相手方も「やっぱりお前と組みたい」とか何とか言うやも知れず、ならばこちらとしても「いつ帰ってくるの？」と言えるではないか。

そうなればどれだけ話が早いだろうと思うのに、口が全力で拒絶する。

離れていた時間が長かったせいで、これまでどうやって彼と向かい合い、何をどんな風に喋っていたのかまるで思い出せないのだ。

そんな澄香の気持ちを知ってか知らずか、しゃもじを手にした仁がかき混ぜている炊飯器は一升炊きのものだ。

Tシャツから覗く腕にきれいな筋肉が浮き上がっているところを見ると、かなり重量がありそうだった。

ほかほかと湯気の立つごはんを大皿に移し冷ましている間に、手水に塩、醤油をまぶしたかつおぶしをそれぞれ小皿に用意して、小さな俵形のおにぎりをリズミカルに握っていく。

あっという間に二十個ほど握ると、端から順に味付け海苔を巻いていく。

と思ったら今度はちゃっちゃっと卵を溶いて塩、醤油に砂糖を少し入れてかき混ぜ、手早く卵焼きを焼いている。

「え、甘い卵焼きですか」

「ああ。あいつがこれ好きなんだよ」

ちょっと待った。あいつってどいつだと澄香の胸中が一気にもやもやで黒くなったのも無理からぬことだろう。

おりおり堂ではまかないの時間があり、仁に澄香、そしてオーナーである桜子の三人が交替で空き時間に食事を作っていた。

仁はもちろんのこと、桜子も大変な料理上手なのは前述の通りで、澄香一人のレベルが果てしなく低かった。

いや、それはさておき、そんな中でも甘い卵焼きなど一度も出されたことがない。

もちろん出張先のお宅で作ることはあった。腕利きの料理人の本格的な懐石(かいせき)料理や創作和食のような非日常の料理を希望する人が多い中、家庭料理のリクエストもまれにはあったのだ。

いや、そうでもないのか——と澄香は内心考える。

まれにあった卵焼きのリクエストはほぼ百パーセントだし巻き玉子だった気がする。

だし巻き玉子は奥が深いものだ。

見よう見まねでもそれなりのものはできるが、やはりプロが作ったものとは歴然とした差があった。だしの取り方、火の入れ方などそれぞれにコツが必要で、経験がものをいう。逆にいえば、普通の卵焼きならばプロの料理人に作ってもらわずとも家で簡単に作れるし、その家の味というものがあるのだ。

澄香はかつて仁が食事を作りに通っていたという幼い姉弟のことを思い出していた。名をくるみと大河という。

彼らの母親はくるみが五歳、大河が三歳の時に闘病の末、亡くなった。

彼女の入院中、仕事が忙しく、料理も得意でない父親に代わって、仁が食事を作りに行っていたのだ。

澄香が仁と知り合うずっと前の話だ。

仁はその当時、京都での事故が原因で味覚障害になったうえ、料理自体も作れなくなっていた。仁は子供たちの母親が入院前に書き残していたレシピをひたすら忠実に作ることで傷ついた心を癒やし、自分を取り戻していったのだ。

その子供たちが一番好きだったのが甘い卵焼きだった。母親の味を彼女が亡くなった後も仁が引き継いで再現することで、彼らの記憶を守ったのだ。

思い出すとこみ上げるものがある。

澄香の考えを察したわけでもないだろうが、仁が「お前、腹減ってるならおにぎりを食べてもいいぞ」と言った。

違う。こみ上げたのはそっちじゃないと思ったが、折角なので遠慮なくいただくことにする。

さっきカフェで軽くランチを食べてきたのでそれほど空腹だったわけではないが、目の前のおにぎりがあまりにもおいしそうで、海苔の香りの誘惑も耐え難く、お言葉に甘えることにしたのである。

一口嚙むと、ほろりと崩れる。

硬すぎず柔らかすぎず絶妙の力加減で握られている白米に味付け海苔、醬油をまぶしたおかかがよく合う。

塩加減も完璧、さすがは仁である。

「おいしいです」

隙間に褒め言葉を発しておいて、もぐもぐと食べる。

素直に米がいいと思った。正直なところ、こんなガサガサした場所で使われる米はあまりいいものではないことが多いのだが、この米は味といい、香りといい、粘りといい、相当レベルが高かった。

片隅に置かれた米袋に目をやる澄香に仁がふっと笑った。

「正解だ。その米はここの劇団員の親戚が手塩にかけて育てたという極上米だ。毎月送っらしい。

団員の中にはこの米のうまさに虜になって、この劇団と行動を共にしている人までいるらしい。

「はあ、それはすごいですね」

まさか、仁さん。それってあなたのことなんじゃ……と思ったが、万が一にも肯定されることを考えると恐ろしくて訊けなかった。

仁は山積みになった俵形のおにぎりのうち二つを皿に取って卵焼きを添える。

鍋には沢山の野菜と大豆の水煮が入ったミネストローネがコトコト煮えて、キッチンいっぱいにいい匂いが漂っている。

プロの料理人なので当然といえば当然なのだが、元々仁の作業は無駄がなく手早かった。

それにしたって、ここまでの早業は見たことがない。

「なんか仁さん、スピード増してませんか？」

思わず訊くと、仁が苦笑した。

「ここは毎日、戦場みたいな忙しさだからな。自然と雑になる」

「え、そんなことは……」

確かにかつての繊細さを思えば雑といえるが、そもそもスキルが高いので、結果的にきちんとしたものに仕上がっている印象だ。

「おーい仁さん、ちょっといいか？」

階下から呼ぶ声がした。

「すぐ行きます」

そう返事をしておいて、ほらなと笑うと仁は腰に巻いていた黒いエプロンを外しながら言う。

「悪いな山田。ちょっとリハに行ってくるから鍋頼む。あと、そろそろ未来(みらい)っていう子が帰ってくると思うから、これとミネストローネ食わせてやってくれ」

澄香が返事をする暇(ひま)もなく、だだだと階段を降りて行ってしまった。

短い時間に聞き出した断片的な情報を総合すると、どうやら仁は今ここで芝居を上演している一座の料理担当兼雑用係みたいなことをしているらしい。

「あの仁さんが大衆演劇？」

どう首を捻(ひね)っても結びつかない。

一体なんでこんなことになっているのだろうと考えていると、階下から大音量の演歌が流れて来てびっくりした。

階段の踊り場にモニターがあり、舞台の様子を見ることができる。

どうやら彼らは踊りの立ち位置と照明の具合を確認しているらしかった。

「ダメだ。やっぱり結びつかない」

あまりの驚きに落ち着かず、キッチンと廊下を行ったり来たり、鍋を混ぜたりする間にも、名前の縫い取りの入った派手な色彩のガウンを羽織った舞台化粧の人が階段を駆け上がってきたりした。

「あ、こんちは」とか「お疲れ様っす」とか言いながらキッチンの冷蔵庫を開けて飲み物を飲んだり、お菓子を食べたりしている。

せわしないったらないのだ。

「あ、にぎりめしいただきます」

「ど、どうぞ」

大皿に盛った方のラップを外して勧めると、二十代半ばぐらいだろうか。上半身裸でスエットを穿いた男性がぱかっと口を開けると一口でおにぎりを食べてしまった。うさぎのように頰を膨らませ、もぐもぐしている。

「うめぇ。今日はおかかじゃん」

「あ、マナブずりぃ。俺も」

そう言って後ろから手を出したのは、こちらはさらに若い、二十歳前後と思われる青年だった。

肩まで届く長めの髪を茶色に染め、ちょっとやんちゃな感じだが、恐ろしく整った顔をしておりどこか中性的だ。

こちらは申し訳程度に羽織っただけのガウンから、毛の一本もないすべすべと磨き上げられた美しい生足を惜しげもなく披露しながら闊歩している。

彼らはミネストローネに興味津々で、「もう食えるのかな。ね、食える？」と澄香に言いながらしきりに鍋を覗き込んでいた。

そろそろ味もしみている頃なので、配布用に用意されていたプラスティックのカップに少しよそって割り箸と一緒に渡すと、二人してふーふー息を吹きかけ冷ましながらかき込んで「はあ、うま」と幸せそうだ。

「ねえねえお姉さん、仁さんの元同僚なんだって？　東京から仁さんに会いに来たってホント？」

ミネストローネを啜りながら上目遣いでこちらを見る若い方のイケメンに訊かれ、澄香は頷いた。

「はあ、まあ、そうなんですけど……。あの、仁さんってここで働いてらっしゃるんですか？」

二人の青年が顔を見合わせる。

「んー、まあそうなんのかな。あ、俺らは毎日、仁さんにおいしいごはん作ってもらって助かってます。いつも仁さんにゃお世話になってまーす」

そう言って深々と頭を下げるのはマナブと呼ばれた年嵩の方の男だ。満面の笑みを浮かべながら、如才ない言葉を軽妙な調子で喋るのだ。若い方の彼に比べるとそこまでイケメンというわけでもないのだが、どことなく愛嬌があって人好きがしそうだ。

などと考えていると、生足の青年がマナブの肩に身を預けるようにして小首を傾げた。凄まじい流し目だ。とんでもない色気の直撃を受けて澄香は倒れそうになる。

「そ。おいらとしては仁さんにはこのままずっとうちにいてもらいたいんだけどねぇ、ダメかいお姉さん？」

青年の話し方は同じ年頃の男性とはまるで違う。といっても、「出張料亭」のお得意様であるアミーガのような意識的に女性らしさを誇張した、いわゆるオネエ系ともまた違った。

抑揚や声の出し方が既に芝居のそれなのだ。しかも、裏声なのか地声なのか分からないが、高くも低くもない男女どちらとも取れそうな不思議な声質の持ち主だった。

さらに湿度が高いとでもいうのかねっとりと絡みつくような色っぽさがあり、聞いていると頭がのぼせたようになってくる。

混乱する脳内で、何故それを私に訊くんだと思っているとマナブがわざと年寄りめいた声色で言う。

「こぉりゃ聖也！　何ねぼけたこと言ってるんじゃ」

そうかと思えばうってかわった調子の良さで聖也とじゃれ合っている。

「ダメじゃーん。仁さんがここにいるのは、おやっさんの復帰までって約束なんだから」

「そーかねェ。お姉さんだって見てりゃ分かンだろ？　仁さんも毎日楽しそうだぜ。出張して料理作るのもおいらたちと旅して回るのもおんなじことなんじゃねえかと思うんだけどさ、あんたどう思う？」

「いや、あのぉ……。私にはよく分からないんですけど」

何故仁がこんなところにいるのか、何をしているのかもよく分かっていないのに、そんなことが分かるわけがないだろう。

聖也と呼ばれた青年はにやっと笑うと、視線を下げて掬い上げるように澄香を見た。

「ね、あんたってさ。仁さんの恋人なの？」

「は……あー、いやぁ……違います」

「だよね。訊くまでもなかったな」

くすくすと笑う。

「こぉら。初対面の人に失礼なこと言ってんじゃないよ。仁さんにゃ仁さんの人生があんだつーの。いい加減聞き分けろって」

マナブはそう言うと、聖也と呼ばれた青年の華奢な肩をぽんぽんと叩いて、

「すいませんねー、お姉さん。こいつこんな面して単純バカなんすよ。おいしいごはんに目がくらんじまってさ。ほら、聖君たら、いつまでも聞き分けのないこと言ってんじゃな

いの。先生、怒るぞ」

「うぜえ」と聖也はマナブを押しのけると不愉快そうな顔で睨む。

「あの女の真似してんじゃねえぞ、ボケ」

聖也は美しい顔でマナブを見下ろし、「切り捨ててくれるわ」と言うと、刀を振りかぶって斬る真似をした。「やっ曲者。そうはさせんぞ」などとマナブが応戦、狭いキッチンで二人で殺陣を始めてしまった。

「お、お待ち下さい」

呆気にとられていた澄香は我に返って割って入る。

「火、使ってるんで危ないんでよそでやっていただけますか」

「サーセン」と直角に頭を下げるマナブに、つんと横を向いている聖也はまだ不満げだ。

「大体、俺だけの話じゃないんだけど。トメイさんだってごはんで繋ぎ止めてるようなもんじゃん。今トメイさんに辞められたらうちの劇団どうなると思う？」

「いや、まあそうなんだけどな。ウン。だから仁さんに無理言って残ってもらってんじゃん。この話は後にしようや。お姉さんだって困ってるだろ」

「甘い。こっちにとっちゃ死活問題なんだからな」

「マナーっ。聖也ーっ。どこ行った」

階段を上ってくる足音に、男たちは「やべっ」と呟く。

「へーい」と大声を上げ、澄香にカップを渡すと、「ごめんよ姐さん、ツケにしといてくんな」などと言いながらどたどたと走っていった。

いやあ、なんともすごい。一瞬にして嵐が過ぎたようだ。

どっと疲れた――。澄香はキッチンの台に手をつき、呼吸を整える。

とりあえず、この劇団が問題を抱えているらしいことは分かった。それが理由で仁がここに留まっている、というか、行動を共にしているらしいことも理解した。

何というか、仁が切望されている感がすごい。

クールに見えて仁は人情家というか、面倒見のいいところがあった。

仁に対する褒め言葉なら他にもいくらでも出てくるのだが、とにかく困っている人がいるのに見て見ぬふりができるような人でないのは間違いない。

そうだ、と澄香は深く頷く。

それでこそ、私の惚れた仁さんなのだ。

しかし、となると大問題だ。

果たしてこんな状況で、あの仁が彼らを振り切って東京へ帰れるのだろうか。

「うーん」

現実はとてつもなく厳しそうだ。

仁さんは、仁さんの気持ちはどうなんだと心中で悶々と悩みたいところであったが、ここの状況は通りすがりの澄香にさえそんな暇を与えなかった。

「もおー早くしなよ。急がないと間に合わないよ」

階下の音楽が止まったところに、ハスキーな女の声が聞こえてきた。

あっと思った。あの時、電話の向こうで聞こえた声に似ているような気がする。

続いてどたどたと階段を登ってくる足音。

顔を出したのは金色の髪をポニーテールにした若い女だった。

「あ、お疲れ様です。自分、あきらです」

「お、お邪魔してます。山田です」

「あーすいません山田さん。未来、よろしくお願いします。今日はさあ、帰ろうと思ったら先生に呼び止められて参っちゃいましたよー。んなことこいつの親に言えってんですよ。ね？　思いません？　あ、自分、リハに行ってきますんで、できれば宿題も見てやってもらえますか」

「は……あの？」

「三十分、三十分経ったら未来も支度しないといけないんで、その時間内に終わらせて下さいね。未来、ちゃんと食べとかないと舞台もたないよ」

慌ただしく言い残し階段を降りていく。

宿題？　宿題って、え？　三十分？　などと慌てる澄香の前にぽつんと残されているのはランドセルを背負(せお)った髪の長い小学生の男の子だった。

「えーと、未来君？　とりあえずおにぎり食べよっか」

　怪(あや)しい者ではありませんよーと言わんばかりに愛想笑いを浮かべる澄香をちらりと見ると、未来はランドセルを投げ出してキッチンの隅に座り込み、携帯ゲームを取り出して遊び始めた。

「卵焼きもあるよ？　ほら」

　皿を見せても未来は無言だ。

「ね、三十分しかないんだって。さ、食べちゃおう？」

　再び流れ出した階下の演歌に交じって、耳障りなゲームの機械音が聞こえるばかりだ。

　人見知り？　人見知りなのか。

　いやちょっと待て。そんな扱いの難しいガ……いや、お子さんを通りすがりの私に押しつけるとか、どうなってるんだこの劇団。

　とはいえ頼まれた以上は食べてくれませんでしたでは済まないだろうし、これは困った。

　どうしたものか――と澄香が頭を抱えていると、薄いのれんが撥(は)ね上がる。

　一拍遅れてひょっこり顔を出したのは日焼けした中年の男だった。

　男は澄香を見ると軽く頭を下げた。

「うまそうな匂いすんなあ。おっ。姉さんかい？　東京から仁さんを連れ戻しに来たってのは」

いかつい顔でにこにこ笑いながら言う。

連れ戻しという単語が出た瞬間、未来という子供の肩がぴくりと跳ねたのを澄香は見逃さなかった。

「いやぁ、あの、そういうわけでもないんですけど……」

「ははは。隠さなくてもいいよ。仁さん、いい男っぷりだからなー。ホント、あんな男前、裏方にしとくのはもったいないよ。な、お姉さんもそう思うだろ？　いっそあんたも役者になっちゃいなって何回も誘ってんだけどさ、あの人堅いねー。一向に首を縦に振りゃしねえ」

「あー。そうなんですか……」

まあ、そうだろうなと考えている澄香に構わず、男は子供に目をとめると、にこにこしながら屈み込む。

「坊主ー、学校はどうだったえ？」

「いつもと同じだったよ。面白くなかった。あと、先生がいっぺん父ちゃんに会って話をしたいから明日にでもここへ来るってさ」

ぼそぼそとつまらなそうに喋る子供の倍はあろうかという声量で男は言った。

「何だってえ？　マジかよ。そいつあ参ったなー。お、分かったぞ、その先生、若い女なんだろ。座長に会ってみたいと思ってんだぜ、ちくしょー座長め、色男がよ」

「違うって。男の先生。五郎さんぐらい」

「はあ、なんだ。おっさんかい。つまんねえな。で、何だい、ライ坊、おめえ今度は何悪さしたんだあ？」

頭を撫でられながら、未来はゲーム画面から顔を上げない。

「何もしてない。俺の養育環境がどうのとか言ってた」

男はひゃーと声を上げた。

「そいつぁやられちまったなあ未来よ。時々あんだよなー、子供働かせちゃいけませんとかって頭の堅いお偉いさんがいちゃもんつけにきやがんの。そんなこと言ったってなあ、うちの劇団、こいついなきゃ回らねえんだわ」

後半部分を澄香に向かって言う。

なるほど、これまでの話からそうではないかと思っていたが、この未来という子供もこの劇団の役者らしい。

「皆さんはご家族なんですか？」

「うーん、こいつと座長、前の座長のおやっさんは親子だよ。後は座長の弟子とか、ちぃとしたワケありとかだな。おいらと本条トメイって婆さんは外様だよ。流れモンでね。苗字が違うわけ」

彼の名は深里五郎。よその劇団の出身だそうで、そういう人はそこで貰った苗字をそのまま名乗るものらしい。

この子供は翔月未来。

先ほどの色っぽい青年と年嵩の彼はそれぞれ翔月聖也に兄弟子の翔月マナブ。

そしてポニーテールの女性が翔月あきらという名だそうだ。

さっきから時折、階下で怒号を上げているのは座長。澄香はまだ顔を合わせていないが、翔月虎太郎という名だ。

劇場の外にも中にもでかでかと名前の入った大判ポスターが貼ってあった。

「ゴロさん、俺のおにぎり食べていいよ」

ゲーム画面を見たまま面倒そうな声で未来が言った。

おっ。そうかと澄香は頷く。もしかして澄香の声だけが特殊な周波数か何かで未来という子供の耳に届いていない可能性についても考えてみたが、やはり聞こえたうえでのシカトというのが正解だったようである。

やっぱりな。そうか。坊ちゃん、単に私が嫌いなだけかと得心している澄香をよそに五郎が言った。

「いや。俺はこっちの貰うよ。坊主もちゃんと食いな」

「いらね」

「いらねえってことがあるかい」

少し語調を強めた五郎に、ようやく未来は顔を上げる。

「だって、知らない人からもの貰っちゃいけないんでしょ。俺、この人知らないし」

おおっと澄香は思った。

いらね、と呟いたのが別人のように利発かつ育ちの良さを感じさせる喋り方だ。

「うん、私も知らないな。お互い様だね」

などと言いつつ高圧的に腰に手を当て見下ろしてしまったのはいけ好かないガキだと思ったからだが、当然その程度のことでびびる相手ではない。

ふいっとそっぽを向かれ、やれやれと思っていると、おにぎりをぱくつきながら冷蔵庫を開けていた五郎が56と太い油性ペンで書かれたペットボトルを取り出しながら振り返った。

「すまないね、姉さん。こいつ仁さんが帰っちまうかもって聞いてびびって小便(しょうべん)漏らしてやんの。ははっ。情けねえだろ？」

「はあ？　誰が小便漏らしてんだよ、ふざけんな」

「おお、そうかいそうかい。んじゃあ四の五の言わずに食うんだな」

チッと舌打ちした未来はすっと立ち上がり、無言のままおにぎりに手を伸ばした。

「あ、ミネストローネもどうぞー」

二人分を手早くよそって渡す。

「おっ、サンキュー。はあ、やっぱ仁さんの料理はうまいねえ」

「これも仁の料理なのか」

箸を持ち、プラスティックのカップの中身をじっと見ていた未来が呟く。

「おう、そうだぜ。今日は座長のふるまいやるって言ってたじゃねえか。座長、また女の人に囲まれて鼻の下伸ばすんだろうよ」

一瞬、ぎょっとした。

未来は小学三年生だそうだ。

髪が肩まで届く長さであることと茶色に染めてあることを除けば、見た目はどこにでもいそうな可愛らしい小学生だ。

澄香に対しては人見知りなのか他の理由があるのか、これまで彼はまったく目を合わせようとしなかった。

そのため正面から見たことがなかったが、今、彼は何故か澄香の顔を見ていた。まともにぶつかると、目力とでもいうのだろうか。視線の強さが並みではない。

「くだらねえ。あんなクズみたいな親父のどこがいいんだ」

「まあまあ、そう言いなさんな。お父ちゃんだって仕事なんだぜ？　お前さんがうまい飯食えるのだって元はといやぁお父ちゃんのお陰だろ」

五郎の言葉にチッと盛大に舌打ちする小学三年生。

もぐもぐと黙っておにぎりを食べているが、よく見ると今にも泣き出しそうな顔だ。

ちらちらと彼の顔を見ていて分かった。

目力の出所だ。

まずは眉。聖也の場合ははっきりと整えているのが分かる眉だった。

この子供の場合は整えてこそいないようだが、そもそもがきゅっと吊り上がった形をしており気の強さを感じさせた。

その下にあるのはくっきりした二重まぶたにどんぐりのように大きな丸い目だ。

この瞳が恐ろしく澄んでいる。

濁った大人のそれとは違い、感情がダイレクトに立ち現れてくるのだ。

揺らぐ内面を映しながら強い視線でこちらを見据える。いかにも気の強そうなまなざしの奥にある純粋さに心を摑まれ、目を離すことができなくなるのだ。

それにしても、と澄香は思った。

未来は幼さが残るゆえに女の子のようにも見えるが、よく見るととても整った顔立ちをしている。

どことなくさっきの聖也と似ているようにも思えるのだ。

小さいが、全体のイケメン度でいうと、こちらの方が上かも知れない。などとイケメン評論家のようなことを澄香が考えている間に未来は食事を終えると、さっと立ち上がり、「準備する」と言って廊下の向こうに消えてしまった。

皿のおにぎりも卵焼きもカップのミネストローネもきれいに食べてあり、ほっとしたのも束の間、宿題をしていないことに思い当たって澄香は思わず天を仰いだ。

夜の部の開始は五時からだ。

開場を待っていたお客さまたちにミネストローネをふるまうのは舞台化粧に浪人風の鬘をつけた座長の虎太郎と、銀髪の鬘に華やかなブルーの着物を着た聖也だった。

その背後でカセットコンロに載せた鍋からミネストローネを容器によそって順に手渡していくのが仁と澄香の仕事である。

外はかなり蒸し暑いので中のエアコンを強めに設定しているが、それでも火の傍にいると汗が流れてくる。

今日の澄香は久しぶりに仁に会えるという期待から、自分史上最高レベルのおしゃれな〝よそゆき〟ブラウスを着ていたのだが、もうそこを見てもらうのは諦めた。

腕まくりをして戦闘態勢に入った以上、これは仕事着なのだ。

髪も朝から頑張ってカールを入れたが、とっくの昔に後ろで束ねてゴムでまとめた。

こんなこともあろうかと常に髪ゴムを持ち歩いているのである。

「いやー暑いですね」

　思わず呟くと、仁も「そうだな」と頷く。

　とはいえ、座長と聖也は着物に鬘なのだ。澄香の何倍も暑いだろうに涼しい顔で笑顔を絶やさない。

　後ろの澄香たちから受け取ったカップに箸を添えてお客に渡し、「今日は楽しんでいってくださいね」とか、見知った客なら軽口を叩いたりしながら列を捌いていく。

　大衆演劇とは一体どんな人々が観に来るのだろうと思っていたが、想像より男性も多い印象だ。

　男女比は三対七ぐらいだろうか。

　年齢層はそれこそまちまちだった。杖をついたお年寄りがいるかと思えば、聖也のファンらしい若い女性のグループもいる。

　座長と親しげに話している中高年の女性たちは相当年季の入ったファンのようだった。

「この劇団は座長と聖也の二枚看板なんだ」

　仁に言われ、「はあ」と頷き、同時に感心した。よもやその手の情報に詳しい仁などというものが、この世に存在するとは思わなかったからだ。

　給仕の合間に周囲を見回す。劇場といってもさほど広い空間ではなかった。

　実は澄香には小さな劇団で女優をしている友人がいて、小劇場といわれる芝居小屋の何軒かに芝居を観に行ったことがある。

定員百人程度（といっても木の板のベンチに隣の人とくっつくようにして座るので定員などあってないようなものだが）のそこよりは少し広いようであり、小ぶりの映画館よりは狭いといった感じだ。

一段高くなった舞台と客席。

客席は前の方にずらりと長椅子が並び、後方は壁に沿う形でぐるりと造り付けの椅子（というか突起にしか見えない）が並んでいる。

ぎゅうぎゅう詰めに押し込め（！）ば二百人程度は入るそうだが、八十人近くが入った段階で既にほとんどの席が埋まっているように見えた。

ミネストローネは限定百食の見当で用意されているそうだ。

「もっとも、目分量だけどな。かなりいい加減だ」と仁は苦笑していたが。

何日か前から予告していたようで、あちこちの壁に日付と時刻に「座長、翔月虎太郎よりのふるまい。一流料理人によるスープ」と書かれたコピーが貼られていた。

「一流料理人はやめてくれって何回も言ったんだけどな」と仁は何とも言えない顔をしている。

「こういうのって毎日やるわけじゃないんですね」

「そりゃなあ。色々大変だし。今月前半に座長の誕生日があって、豚汁をふるまったのが好評だったんで、後半にもう一回やるって決まったんだよ」

見ていると、お弁当や唐揚げ、お好み焼きにたこ焼きなど、それぞれ自前の食べ物を持ち込んでいる人が多く、みな嬉しそうにミネストローネを食べている。

丁度（ちょうど）いい汁物といった位置づけのようだ。

「仁さん、ごちそうさまですー。めっちゃおいしかったわー」

いち早く食べ終えた女性たちがカップを捨てるためのゴミ袋に向かうついでに仁にお礼を言っていく。

このふるまいがあるため、入場に時間がかかり、まだ外には二十人程度の列がある。

仁は手を休めずに微笑し軽く頭を下げただけだったが、しかし、その笑顔は反則だ。

隣で見ていても弾（はじ）き飛ばされそうな凄まじい破壊力に目がくらむ。女性たちの目がハート形になるのも無理からぬことだった。

虎太郎、聖也だけではなく、後ろの料理人までが女性たちから熱いまなざしを向けられているのだ。

これは確かに自分も客で来たかったと思う澄香であった。

かと思えば「さすが一流料理人やなー。あんた、おいしかったで」などと声をかけていく気さくなおばさんや「ひゃあ、なんや洋風やし、ごはんには合わへんかと思うてたんやけど、そんなことないね。よう合（お）うたわ」「お豆がよろしいな」などと澄香相手に言うおじいさん、おばあさんなどもいる。

これについてはさすが仁だなと澄香は思っていた。いや、さすが大阪というべき対人スキルに対応していることを言っているのではない。味の方だ。

仁がこのミネストローネの隠し味に味噌を入れているのを見たからである。

澄香も味見をしたが、野菜の甘みとトマトのうまみ、大豆の滋味に鶏がらスープのさっぱりしただし、そこに投入されたほんの少しの味噌が奥行きを与えている。

さらには、味噌が入ることで洋風のレシピがやや和風に傾き、和食、洋食どちらとも合う味になっているのだ。

仁のことだ。恐らくお客が持参してくるお弁当がどんなものでも合うようにと考えてのことだろうと思われた。

そもそも仁が今回のふるまいをこのメニューに決めたのは、大量の大豆の水煮の差し入れがあったからだそうだ。

さすがに人情の街というべきなのか、そもそも大衆演劇というのがそうしたものなのか、野菜や肉、魚丸ごと一匹といった食材の差し入れが結構多いらしい。

それは贔屓筋からのものであったり、近所のお店からのものであったりもするそうだ。

劇団によってはお弁当やお寿司などの差し入れがなされることもあるが、この劇団では以前から食材が差し入れられることが多いと事情通らしい中年女性（皆が勝手知ったる様子で入り交じっているためよく分からないが、多分観客）から聞かされ澄香は首を傾げた。

聖也を始めとする劇団員たちは仁の料理にずいぶん執着（しゅうちゃく）しているようだったが、それでは仁が来る前はどうしていたのだろうかと疑問に思ったのだ。

ふるまいが終わると、仁に劇場のスタッフ、それに観客の何人かが手伝ってくれて、後片付けをした。鍋やカセットコンロにゴミなどを二階のキッチンに運び、残ったミネストローネを小鍋に移し蓋をする。

階下で開演五分前を告げるブザーが鳴っているのが聞こえた。

洗い物は後にしていいと言われていたので、急いで階段を駆け下りる。

ほぼ満員になっている客席の中央、一番後ろは席がなく、照明機材が置かれている。

機材の隣に座っているのは仁だった。

仁の隣の席を開けてくれているので、階段状になった客席を急いで登ってそこへ行く。

ようやく着席してから左右を見回し、〝えっ？〟と思った。

前の人の陰になってよく見えていなかったが、澄香の隣席にいるのは金髪の少年だった。

聖也辺りの友達かと思ったが、どうやら外国人のようだ。なるほど、外国の人にとっては大衆演劇というものも珍しいのだろう。

彼はミネストローネのカップを手に持ったまま、ぼんやりと舞台を見ている。

カップを覗くと空だ。どこの国の人かは分からないが、仁の料理の味がどうだったか聞いてみたいなどと微笑(ほほえ)ましく見ているうちに、開演を告げるブザーが鳴った。

舞台には三色ストライプの幕が引かれている。萌葱(もえぎ)、黒、柿(かき)の三色の伝統的なものだ。何となくお茶づけ海苔を連想してしまう。

爆音のギターイントロが流れると同時に幕が開き、眩(まばゆ)いばかりの照明が滝のように流れる中、舞台に現れたのは聖也だった。

大音量の音楽に合わせて、美しく化粧をした聖也が舞う。

澄香は歌舞伎(かぶき)好きの両親や桜子のお供で何度か歌舞伎を観に行ったことがある。いわゆる世話物や人情物などといわれる物語仕立ての演目のほかに舞踊メインのものがあったが、正直なところ澄香は後者が苦手だった。美しいのは分かる。豪華な衣装に華麗な舞踊、義太夫(ぎだゆう)。

だが、眠いのだ。

ゆるゆるとした舞いに、義太夫の抑揚が丁度いい具合に眠気を誘い、どうにも眠くなる。

いや、分かっている。

無粋なことを言っているのは重々承知のうえだが、眠いものは眠かった。

実は今日の公演でも踊りがあるよと劇場の人から聞かされ、戦々恐々としていたのだ。

だから、こんなハードロック調の音楽が流れてきたのに驚いていた。

また面白いことに聖也の着物はいわゆる伝統的な和服とは趣が異なる。

ブルーの生地にところどころ黒いレースがあしらわれているし、はだけ加減の胸元にはシルバーの十字架がかけられていた。

髪は長いストレートを高く結んだ、時代劇で見る男装の女剣士といった感じなのだが、この色がまたすごい。ど派手なオレンジと白の二色に染め分けられているのだ。

一見するとビジュアル系バンドか何かのようでありながら、踊っているのはあくまでも日本舞踊というギャップに戸惑う。

その舞踊が伝統的な枠に納まるものなのかどうか、歌舞伎の舞踊が始まるや否や睡魔と戦うことになる澄香には分からなかったが、そんなことはどうでも良くなってしまうほど踊る聖也は美しかった。

曲はハードロック調のアレンジはそのまま、女性歌手による日本語の歌に変わる。

これも澄香はよく知らない世界だが、恐らく演歌に分類される曲だろう。恋人との心中を望むような情念のこもった歌だ。

細い腰のライン、長い首。女の澄香よりも華奢なのではないかと思われるなで肩。

楚々とした立ち姿で踊る聖也は何とも魅力的だ。歌に合わせ、情念や悲しみを表現する様は女性以上に女性らしく、可憐でありながら同時に凄みがあった。

さらにすごいのは流し目だ。

さっき上のキッチンでも直撃を食らったところではあったが、こうして美しい衣装をつけて、照明を浴びて踊る本番ではその何倍も凄まじい。

こちらに視線を向けられると、心臓を射抜かれたようになり、一瞬呼吸が止まる気がするのだ。

おいしいごはんに目がくらんだ単純バカなどと仲間から揶揄されていた青年と同一人物だなんて到底信じられない。

舞台上の彼は翔月聖也という特別な存在で、生身の人間ではないようにさえ思えるのだからすごい。はっと我に返り隣の席を見ると、隣の金髪少年もまた澄香同様、食い入るように舞台を見ていた。

聖也と交替で舞台に現れたのはマナブとあきらだ。こちらは二人で道行きを踊る。

続いて舞台に現れたのは未来。

未来も小さな身体に合わせ、スパンコールやラメできらきらと彩られた着物を着ている。髪は地毛のままだが、顔にはしっかりと舞台化粧をしていた。

ドーランと特徴的なアイメイク。他の大人の役者たちと同じ化粧で小さな身体が懸命に踊る姿はとても微笑ましく、可愛らしい。

彼のどう考えても可愛いとは言い難い生意気な素顔を見た澄香ですらそう思うのだ。

観客たちの人気はすごかった。

特に年配のお客さんたちは孫を見るかのように目を細めて見ている。

なるほど五郎が「こいつがいなきゃうちの劇団、回らねえんだわ」と言っていたのが分かる気がした。

さっき聞いた話だとこうした大衆演劇の公演は一ヶ月ぶっ通しで行われるそうだ。月の終わる一日前まで公演を行い、遅くとも翌日には次の公演先に移動し、月の頭にはもう公演が始まる。

休みは月に一度あるかないかの生活なのだそうだ。座長や聖也などはその休みの日に他の劇団の客演として出ることもあるそうで、実質休みなどないも同然らしい。

しかも昼夜二回公演だ。

平日に関しては学校があるため未来が出るのは夜の部だけだが、休日は昼夜出演する。

なるほどこれでは放課後に友達と遊ぶ時間もないだろう。

いや待てよ、と澄香は思った。

一月ごとに公演先が変わるといっても、隣の街に行くというわけではない。

日本中を回るのだ。

そういえば帰ってきた未来が投げ出したランドセルにカラフルな紙の飾りが沢山ついていたのに思い当たる。

未来の宿題をどうしようと途方に暮れ、ついランドセルに目がいったのだ。

紙の飾りというか、ぱっと見た感じではＢ５版サイズの下敷きが何枚もぶら下がっている感じだ。側面にマスコットのついたキーホルダーをひっかけてあり、そこに何枚もの下敷きがくっついている。

最近の小学生に流行(はや)りの何かだろうかと思ってよく見ると、どれも寄せ書きやイラスト、紙細工などをラミネート加工したものに紐(ひも)を通し、ストラップのようにしてあった。

ざっと目を通して分かった。すべてに別の小学校の名前とクラス名が書かれ、級友であろう名前が連ねられているのだ。

オーソドックスな色紙に寄せ書きしたものを縮小コピーしたらしきものもある。

一月ごとに公演先が変わるので、未来は毎月公演先にある小学校への転校を繰(く)り返しているのだ。

そんな短い時間ではそもそも友達を作る暇もないだろう。

それでも転出していく級友のために、子供たちが寄せ書きや工作を作って渡してくれるのだろうと思われる。

ランドセルを背負った未来が走ると、下敷きのような寄せ書きの束が擦(こす)れ合ってざらざらと音を立てるのだ。

つまらなそうな顔でゲーム画面と睨めっこしていた未来が、どんな思いでこの飾りをつけているのだろうかと考えてしまった。

舞台の照明が暗転し、曲が変わる。

虹色のスポットライトに照らされて、舞台に登場したのは座長の虎太郎だ。

こちらは男の姿だが、聖也同様、派手な長髪の鬘をそのまま和服の上に垂らしている。

さすがの貫禄だった。

澄香にはよく分からないが踊りも他の役者に比べ、かなり年季が入っているようだ。

身のこなしに余裕が感じられると同時に、凄まじい色気があるのだ。

聖也から立つのが女性的、または中性的な色気だとすると、虎太郎のそれは男の色気だ。

女性ファンたちが胸元で両手を握りしめて彼を見つめる気持ちがよく分かる。

それにしても、と澄香はそっと頭上に視線を走らせた。

舞台上の役者の動きや曲調に合わせて変化する照明を仁が扱っているのだ。

ちょっと信じられない気がする。

器用な人だとは思っていたが、こんなことまでできるとは思わなかった。

どちらかというと、澄香の中の仁のイメージは堅物(かたぶつ)というか、端的にいってしまうと料理バカみたいなもので、他のことにはあまり興味がないのだと思い込んでいた節がある。

まさかこんな芸能方面にまで能力を発揮するなんて、夢にも思わなかったのだ。

幕間に二十分ほどの休憩(きゅうけい)がある。

仁は持ち場を離れると、舞台セットの設営に行ってしまった。休憩時間の間にセットを組むのだそうだ。

劇場の人に聞いたところによると、大体どこの劇団でも公演の構成は似たようなものらしい。

まず顔見せ代わりの舞踊があり、ついでメインの芝居、そしてラストは歌謡ショーの三部構成になっている。

公演時間は三時間と聞いてびっくりした。

席にもよるが、歌舞伎のチケットは高ければ数万円もする。ところが、この小屋の入場料は千六百円だった。

千六百円で三時間。そんなのでいいのかと思ったのだが（今日は仁の助手という形で無償で手伝ったので澄香は支払っていないが）、大体日本全国どこの小屋でも似たりよったりの金額だそうである。


二部の芝居が始まった。小さな舞台にちゃんとセットが組まれている。

どうやら茶店の店先らしい。

茶店の主人はマナブ、そこへ主役の宇之吉という渡世人がやってくる。

演じているのは先ほどの妖艶な女形とはうってかわって凛々しい股旅姿の聖也だ。

彼は人助けのために茶店で休息していた身なりのいい客を相手に恐喝を働くのだが、

実はこの相手が小金井小次郎（こがねいこじろう）という高名な親分だった。

この役は座長の虎太郎だ。虎太郎は劇の進行する間、客に背中を向けているのだが、それだけで存在感がものすごい。

芝居は五郎と駆け落ち中だというあきら、聖也の三人で進行しているのだが、アドリブを交えたやりとりは小気味良く、三枚目であるマナブの芝居が絶妙で笑わせる。

このマナブ、二階で見た時にはどこにでもいるような普通の青年といった印象だったが、どうしてどうしてこうやって見るとかなりの芸達者だった。

聖也とあきらの芝居はいわば正統派なので、こういう三枚目的な役者の存在に引っ張られ、ユーモラスなアドリブを引き出されている感じだ。

さて、恐喝には寛容だった親分、小金井小次郎だが、調子に乗った宇之吉が小金井小次郎の名を騙（かた）ったことで怒り、宇之吉は落とし前をつけるために自らの小指を落とすことになってしまう。

虎太郎の存在感はさすがなのだが、その芝居がまたすごい。

大物ぶりを感じさせる鷹揚（おうよう）な台詞（せりふ）回しに身のこなし、視線の使い方。そして、一変しての怒り。静かな中に相手を震え上がらせるような凄みと有無を言わせぬ迫力があるのだ。

それとは別に、サイドストーリーとして挟まれる話に、宇之吉とチンピラの小競り合いがあった。

親分役は五郎の二役、子分の役は、何と未来だった。未来が小さな身体でチンピラの風体をして、聖也に因縁をつけている。

「おいおい、兄ちゃん、テメェ一体どういうつもりだ」

未来が精一杯虚勢を張って、自分よりはるかに背の高い聖也を仰ぎ見るようにして凄むのだ。

ここで初めて未来の芝居を見ることになったのだが、彼がまた年齢に似合わぬ芸達者であることに驚いた。

可愛らしい子供のなりで、台詞回しはちょっと貫禄さえ感じさせる悪党ぶりなのだ。

そうかと思えば、聖也演ずる宇之吉と喧嘩になり、殴られた反動でころんと転がり、わざといとけない子供の声で大泣きして宇之吉を翻弄する。

台詞回しもうまいが、コメディと緊迫した芝居の演じ分けが見事で緩急自在なのだ。

正直なところ、この劇団、全員が全員、抜群にお芝居がうまいというわけではない。

澄香だってそれほど詳しいわけではないので偉そうなことはいえないが、座長とマナブ以外はさほど芸達者というわけではなさそうだ。もちろん下手ではないし、役に忠実というか素直な芝居なので、分かりやすいし、聖也などは特に芝居の巧拙以前、存在そのものに華がある役者なのでこれはこれでいいのだろう。

ただ、芝居の面でいうと、もしかすると彼らの中で未来がもっともうまいのではないかという気がした。

実は舞台の冒頭、未来は盲目の老女の手を引いて父の営む茶店に案内する子役として登場している。そちらはわざとらしいほど幼く可愛らしい「子役」としての芝居そのものだった。

つまり未来は役柄によって、自分に要求されるものをきちんと理解したうえで演じ分けているようなのだ。

もちろん年若い彼の芝居には幼さゆえに未熟な面もあるが、この若さでこれほどの才能があるとは、大人になったらどれほどの役者になるのか。末恐ろしい気がした。

それにしても、と澄香は溜息をついた。

もう一人、とんでもなく芝居がうまい人物がいるのだ。

盲目の老女、実は宇之吉の生き別れた母親なのだが、この人がもう何と言うか、未来扮する無邪気な子供に手を引かれて出てきた瞬間、胸を衝かれた。

一瞬にして劇場内の空気が変わったのが分かる。息子を案ずる老母の気持ちと不自由な身体で見知らぬ土地へ旅する不安が観ているこちらの胸を締め付けてくるのだ。

ラスト、死に行く息子と分かりながら、五郎とあきら、そして小金井小次郎の情けに応じる形で「そのお地蔵さんにこの数珠をたむけて下され」と言うのだが、その表情で彼女が真相を知っていることが分かるのだ。

盲目の役なのでずっと目は瞑ったままだ。

にもかかわらず、わずかな表情の変化とほんの少しの身体の動きで彼女の心情が痛いほどに伝わってくる。

決して大袈裟な芝居ではない。

観ていて感じたことだが、彼女は舞台に出ていても、ここぞという場面がくるまで気配を殺しているようなのだ。

もちろん役としてそこに存在してはいるものの、まるで舞台セットか何かのようにごく自然にその場に馴染んでいる。

澄香のように話の筋などまるで分からなくても、ああ、この人はここにいなきゃいけない人なんだなと何の疑問もなく納得させたうえ、自分の方に注目させないよう気配をひそめているのだ。

ところが、一旦芝居の中心が彼女に移った途端、澄香は、というか恐らく観客全員に当てはまるのではないかと思われるが、一気に呼吸を持って行かれた。

呼吸を持って行かれるというのも変な表現だとは思う。呼吸を支配されるという方がしっくりくるだろうか。

とにかく、全員の呼吸が強制的に彼女のそれと同期させられてしまうような不思議な感覚があった。

何となく催眠術にでもかかったように彼女から目が離せず、呼吸を合わせてしまうのだ。

劇場内はあまねく彼女の感情に覆われ、観客は我がことのように感情を揺さぶられる。

澄香や観客たちは元より、澄香の隣にいる外国人の少年までもが号泣しているありさまだ。

すさまじいまでの演技力の持ち主の名は本条トメイ。

五郎が言っていた外様の役者の一人だ。

聖也がマナブ相手に「ごはんで繋ぎ止めてる」と言っていた人物でもある。

彼は「今トメイさんに辞められたらうちの劇団どうなると思う？」というようなことを言っていたが、なるほど彼女の芝居を観て納得である。

ラストの歌謡ショーが終わった。

澄香は、先ほどのふるまいに使った鍋や機材を少しでも片付けておこうと二階に上がった。追いかけるようにして上がってきたのは劇場のオーナーだった。

この小屋のオーナーは六十過ぎの女性だ。

大衆演劇好きが高じて早期退職した彼女は退職金を投じてこの小屋を作ったそうだ。

彼女は「お疲れ様。すみませんねえ。あなた仁さん訪ねてこられただけなんでしょう」と澄香をねぎらい、ペットボトルのお茶をくれた。

「もうね、とにかく忙しいものやから、暇そうにしている人がいたら猫でもこき使われかねへんのよ」

　などと笑う彼女から、僅かな時間だったが、仁が劇団と行動を共にしている経緯を聞くことができた。

　劇団紙吹雪には元々、今出演しているメンバーの他に前座長、虎太郎の妻である女性、それに未来の妹である若菜という子役がいたのだそうだ。

　ところが半年ほど前、虎太郎の父である前座長が病に倒れてしまった。

　病気自体は完治したそうだが、後遺症のため言葉がスムーズに出なくなり、現状のままでは舞台に立つことは難しいらしい。

　前座長は舞台復帰を目指してリハビリに励んでいるが、やはりこの人の抜けた穴は大きいようだ。

「そらねえ、やっぱり芝居が大きいっていうか存在そのものがね、他の人とは格が違うというんかしら。そこにいるだけで芝居が引き締まるっていうかな。とにかくうまいし味のある役者やったから、座長といえども完全に代わりを務めるのは難しいのよ」

　さらに悪いことに、前座長の不在が元々良好とはいえなかった虎太郎夫婦の仲を決定的なものにしてしまったらしい。

「何のかんの言っても、前の座長は劇団全体に目配りしてはったんよ。虎太郎さんの奥さんの不満なんかもよう聞いて、どうかこらえてやってくれって頭下げてはったっていう話」

いわば調停役を失ったことで妻はもう耐えられないと、未来の妹、若菜を連れて郷里に帰ってしまった。

三ヶ月前の話だそうだ。

「未来君は一緒に行かなかったんですか?」

「そうなんよ。座長がね、未来は劇団の跡継ぎやから置いていけ。連れていくことはまかりならんって言いはったらしいわ」

「そうだったんですか……」

あれほど才能のある子供だ。

虎太郎の気持ちも分からないではないが、母親や妹と別れて残った未来がどんな気持ちでいるのか。

澄香はうーんと考えこんでしまった。

何しろ一月ごとに転校を繰り返し、まともな休みもないような生活だ。

未来が今通っている小学校の教員が言ったという、養育環境がどうのという危惧が出るのも分からなくはない。

ここに残って舞台を続け、そのまま劇団を引き継ぐ。未来ほど才能のある子供ならばそれこそが幸せなのかも知れないが、しかし、逆にいえば他の職業へ進む選択肢は最初から閉ざされているようなものだ。

それでいいのかどうか、と思ったが、もちろん澄香が口をはさむようなことではない。

「何やろね、ここの劇団の人らもみんな下手ではないんやけど……」

主役を退いて久しかったとはいうものの、やはり前座長が芝居に出るのと出ないのとではその出来に格段の差があるのだそうだ。

今、大衆演劇の劇団というのは全国に百以上あるそうだ。

入場料は千六百円前後だし、それを小屋側と分け合う形になるので、仮に満席が続いたとしてもそれだけでは経営としては厳しいらしい。

劇団員の生活はもちろん、豪華な着物や鬘、移動のためのトラック代、また必ずしもこのように宿泊できる場所があるとは限らず、そのような場合は旅館やホテルなどの宿泊費用などもすべて劇団の負担になるそうだ。

劇団収入の柱の一つはおひねりであると聞いて澄香はテレビか何かで見た光景を思い出していた。大衆演劇の役者に女性ファンたちが群がり、一万円札で作ったレイを首にかける映像を見たことがあるのだ。

我先に舞台に突進していくその女性たちがギラギラして見えて、ちょっと引いた。

それができるのは三部の歌謡ショーの時間だということで、どんなことになるのかと思っていたが、思ったよりずっと静かな感じで一万円札をそっとピンで留めたり、封筒を帯の間に挟んだり、もっとも多いのはあらかじめ幕間に販売されるお花のレイを捧げる人だった。これはお金を払って買ったお花を役者につけることで結果的にお金を渡したのと同じ意味合いになるものだ。なるほど、現金を渡すのはちょっと と思う人でもこれならば抵抗が少なそうだ。

それにしても座長と聖也、これだけの看板役者が揃っているのだ。

この劇団はトップクラスの人気なのだろうと澄香は思ったが、オーナーに言わせるとそうでもないようだ。

最近、聖也の台頭が著しく、若い女性の集客が増えてはいるものの、全体としては中堅どころといった辺りらしい。

「厳しい世界なんですね」

澄香の言葉にオーナーはからからと笑った。

「そら厳しいよ。どこの劇団も生き残るためにしのぎを削ってるって感じですわ」

人気、実力共にこの劇団と同等レベルの劇団など掃いて捨てるほどあるそうだ。

その上で他と差別化をはかるには、やはり単に美しいとか色っぽいだけではなく、芝居の力も大きいのではないかと彼女は言う。

「ま、これは私の持論なんやけどね」

舞踊やショーがどれほど華麗であっても、やはり演劇の力が弱ければ多くの人は足を運ばないのではないかというのである。

確かに、大衆演劇は楽しい。

信じられないほど安い料金で華やかなショーに演劇まで観られるのだ。

実際、毎日のように足を運ぶ地元の人もいて、小屋を支える重要な客層らしい。芝居に強い劇団はやはりその層が多いそうだ。

「実はね、私も驚いたんよ」

前回、劇団紙吹雪がこの劇場に来たのは二年前だったそうだ。

その頃はまだ前座長が出演していたが、それでも彼が出番を控えた分、やはり以前より芝居を弱く感じたのだという。

そして今から三ヶ月ほど前には、彼女はたまたま隣県に来ていた劇団紙吹雪の公演を観に行ったことがあるそうだ。

「それが丁度、座長の奥さんが出ていってしまった頃でね。こらアカンのちゃうかと思ったわ」

実はその座長の奥さんという人もかなり芝居のうまい人だったそうだ。前座長と座長の奥さんという主要な役者を失った劇団の芝居は明らかに精彩を欠いていたという。

「正直な話、これ、こんなんで、うちでやりはるの大丈夫なんかなと心配になったわ」

そして迎えた今月。幕を開けてみると、見違えるように芝居が良くなっていたという。

「それはどういう？」

澄香の問いにオーナーは大きく頷いた。

「トメイさんよ」

三ヶ月前にはいなかったこの老役者の加入で芝居が格段に魅力的なものに変わっていたのだそうだ。

「トメイさん自身がうまいのももちろんあるけど、やっぱり芝居のうまい人がいてると、他の役者が引っ張られるんよね」

澄香は頷いた。

聖也が今、トメイに辞められると困ると言った理由が分かった気がする。

名役者、本条トメイ。

その正体はおろか、どこから流れてきたのかさえ誰も知らない。

普通、座長クラスになれば他の劇団との交流もあるから、役者の名前を聞けば、大体どこの劇団に所属していたか、どういう経歴なのかということが分かるものらしい。

ところが、トメイに関しては何の情報もないうえ本人も多くを語ろうとせず、いまだに素性が分からない。謎の人物なのだそうだ。

突然現れ、「ワシも劇団に入れとくれ」と欠けた前歯で笑われた時には驚いたと、残ったミネストローネを啜りながら座長の虎太郎が言った。

「そりゃあもう。どこのホームレスの婆さんが現れたのかってくらい、しみったれて見えたもんだぜトメイさん」

当のトメイは、ちんまり座って仁の作った夕食を食べていた。

「ワシは芝居ができてうまい飯さえ食えりゃどこだっていいのさ」

などと嘯いている。

忙しそうに動き回る仁からようやく聞き出した数少ない情報によると、どうやら仁がこの劇団を手伝うようになったのは二ヶ月ほど前かららしい。

そうなった経緯を聞こうと思ったところで、「おーい仁さん、ちょっと来てくれ」と五郎に呼ばれてしまい、肝心の部分を聞き出すことには失敗した。

聞きかじった話を総合すると、トメイは仁より後でこの劇団に現れたようだ。

そして、仁の作るごはんがおいしかったからという理由で居着いているようだ。

だとすると、どうなんだ？　と澄香は首を傾げた。もし仁がここを去ったら、トメイもどこかへ行ってしまうのではないだろうか。

「だけどさ、トメイさんどこにも行かないだろ？　うちの劇団居心地いいっしょ？　どこにも行きゃしないよね？」

不機嫌そうな顔をしている聖也の表情をちらちらと窺うようにしながらマナブが訊く。

トメイはかかかと笑った。

「どうだろね。あたしゃ根っからの流れモンでね。時期が来たらまた旅に出るかも知れないさ」

「えー、そんなこと言わないでよ。ほら、仁さんのおいしいごはんもあることだし」

手が滑り、持ちかけていた取り皿を落としてしまった。その音は予想外に大きく響き、注目を浴びた澄香はうっと言葉に詰まった。

食卓に気まずい沈黙が降りる。

キッチンの隣に八畳の和室があって、彼らはそこを居間代わりに使っていた。

真ん中に大きな座卓を二つ並べ、劇団員とスタッフの全員が顔を揃えているのだ。

時刻は既に十時近い。

終演は八時から八時半頃だ。第三部の歌謡ショーが終わると、役者たちは全員で観客をお見送りする。送り出しというそうだ。

仁はその間に夕食の支度をし、化粧を落とした彼らはそれを食べながらその日の舞台の反省と、翌日の打ち合わせをするのが日課となっている。

しかし夕食の支度と言うのは簡単だが、この支度がまた過酷だった。

何しろ時間がないのである。

団員七名に加え、時には劇場のスタッフも共に食卓を囲むそうだ。十人前後のまかないを三十分で仕上げるようなものだ。

「聖也、れんげと皿頼む」

仁の声に「おおっ、任せとけ。既に準備は万端だぁ」とジャージにTシャツ姿の聖也が答え、首に下げたシルバーのアクセサリーをきらきらさせながら人数分の皿とれんげを配っている。

こうして見ると彼もごく普通の青年のように見え、あの壮絶(そうぜつ)な色気が嘘のようだ。

「ちょっとそこ空けてくれ」

仁が湯気の立つ大皿を抱えてきた。皿には大量のえびチリが盛られている。

皆がわいわい言いながら麦茶の入ったポットや調味料、ビールや清涼飲料の缶、各自が勝手に食べていた差し入れなどを避けて食卓の中央を空けると、どかっと皿が置かれる。

えびチリはふんわりした玉子でとじてあった。

「おおっ」というどよめきの後、一斉に箸が伸びてきた。

仁は「未来はこっちな」と別の皿に盛った少し甘口のえびチリを渡している。

「ありがと」

舞台を降りた未来は相変わらずの仏頂面ではあるものの、ちょっと嬉しそうだ。

食卓には既に薬味のたっぷり載った鰹(かつお)のタタキ、肉じゃがの大鉢、温野菜のサラダ、いんげんの胡麻和えにひじきの煮物、さらには人数分の冷や奴が並び、壮観だ。

全品作りたてというわけにはいかないので仁は朝から時間のある時に、少しずつこれらの副菜や煮物、薬味などの準備をして密閉容器に入れておくのだそうだ。

道理で冷蔵庫の中にやたら容器が入っていた理由が分かった。もっとも、それ自体は料亭で働いていた時のいわゆる仕込みと変わらないわけだが、作っている料理はどちらかというと量が勝負の学生寮か何かのようだ。

キッチンから炊飯器をそのまま運んで来たマナブとあきらが、色とりどり、大きさもまちまちのメンバーそれぞれの持ち物らしい茶碗に順にごはんをよそっている。

「俺、ごはん多め」とか、「俺は飲むから後でいい」とか好き勝手言っているのに対し、何だかんだと茶々を入れながら二人はリクエストに答えていた。

仁はキッチンで揚げ物をしている。

「山田は座ってろ」と言われ、座っているが居心地が悪い。

仁が忙しく立ち働いているのに自分が座っているという状況に慣れないのだ。

だが、仁の手伝いは五郎がすることになっているらしく、成人男性二人でキッチンは満員になっており澄香の入る余地はない。

何がどこにあるかも分からないので手を出すのも難しいのだ。

五郎はその昔、喫茶店でバイトをしていた経験があるらしく、以前からこの劇団のまかない担当見習いだったそうだ。

ちなみに仁の前にまかないを作っていたのは座長の奥さんだ。座長と仲違いした彼女が実家に帰ってしまったために食事を作る人がいなくなり、困り果てていたところに仁が来て、とても感謝しているとさっきあきらから聞いたところだ。

そこまで話したところで、あきらが翌日の出し物のことで座長に呼ばれ、どういう経緯で仁が来ることになったのかという話はできずじまいだった。せめて茶碗や皿を配る手伝いくらいはと思ったのだが、「遠いところ仁さんを訪ねてきたんだろ。ええからゆっくり座っちょき」と座長に言われ、小さくなって座っているところである。

「さ、遠慮せんでかまんきに」と座長に勧められ、恐縮しながらえびチリを小皿に取って箸をつける。

「は。おいしい……」

さすが仁だ。近くの魚屋が差し入れてくれたというえびは小ぶりだが、ぷりぷりとした食感に甘みがある。チリソースは豆板醤が多めに入っているらしく、かなり辛めに仕上げてあった。

それをふんわりした玉子が包んでおり、ケチャップと、そして恐らくはみりんが入っているのだろう。全体としてとても優しい味に仕上がっている。

仁はえびの殻を剝きながら、玉子は「予算の関係でかさ増しだ」と笑っていたが。

「はい、どうぞ。山田のお姉さんは普通盛りだけど、足りなかったら遠慮なくおかわりして下さいね」

あきらが言って茶碗をくれた。

ほかほか炊きたてのごはんだ。つやつや輝く白米が茶碗の中で光っている。

さっき食べたのはおにぎりだったので当然冷めていたが、今度は熱々だ。

えびチリの辛みとうまみが残っているところに熱々のごはんをほおばると、炊きたてごはんの香りが口いっぱいに拡がる。

もちもちとした食感に適度な粘り、甘み。

ああ、日本人で良かったと思う瞬間だ。

「遠慮なく召し上がって下せぇよ」

澄香に言う座長はこれまた舞台の上の艶姿(あですがた)が嘘のようなTシャツにジャージ姿だ。

座長、翔月虎太郎は四十二歳。

こんな格好をしていてもイケメンには違いなかったが、やはり聖也の若さに比べるとどこか崩れた感じがある。

良くいえば貫禄というか押し出しの強さ、悪い言い方をすれば世俗(せぞく)の垢(あか)みたいなものがついている感が拭えない。舞台の上ではもちろんそれも魅力の一つなのだが。

虎太郎は高知(こうち)の出身だそうで、藁(わら)焼(や)きにした鰹のたたきをことのほか喜んでいた。

これは大阪に住む同郷のご贔屓さんからの差し入れだそうだ。とても鮮度が良かったとのことで、仁は薬味たっぷりにポン酢をかけて食べる通常のもののほか、塩だけで食べるための分を別に用意していた。

「あ、ポン酢って自家製じゃないんですね」

キッチンで市販品の瓶を見て思わず呟く澄香に仁は苦笑していた。

「さすがにそこまでの暇はないし、お前がいないのにポン酢作るのもな」

う、うわぁと澄香は倒れそうになった。

分かっている。分かっているのだ。

これは澄香がいないと思い出のポン酢は作らないとか、そんな甘ったるい話ではない。

重々分かってはいるのだが、こんな言い方をされると、まるで自分自身が必要とされているかのように錯覚してしまう。

相変わらずの無自覚イケメン、重罪である。

ちなみにこの話、正確にいうと必要とされているのは澄香本体ではなく舌である。

出張料亭をしていた頃はポン酢を自作するのが当たり前だったのだが、実は仁は過去の事故が原因で、一部味覚障害の症状があり、特に酸味の部分が分からなくなっていたのだ。

元々これといって特技もなければ才能もない。ついでにいえば大した美人でもない澄香が仁の助手に採用されたのは、たまたま澄香の舌が敏感で、味付けや材料を解析する能力を持っていたことが大きい。

つまり、京都の料亭で跡取りと目された頃にあったはずの彼の味覚は破壊され、澄香に味見を頼まずにはポン酢さえ作れなくなっていたのだ。

とはいうものの、それはごくごく微妙な匙加減の話だ。仮に味見をせずとも仁ならば長年の勘と経験で、大体狙い通りの味が出せるはずではあった。澄香が任されていたのはいわば誤差の修正に過ぎず、よほど神経を使う高級な懐石料理でもなければ別段、味見などなくてもいいのではないか。何事にもおおざっぱな澄香ならそんな風に考え、気にしなかったかも知れない。

だが、仁は誇り高いプロの料理人だ。

己が矜持がゆえに揺るがせにはできなかったのだろう。

しかし、そもそもそんな彼がなんで大衆演劇の劇団付きまかないをやっているのかという疑問を脇に置いたとしても、この現場、求められるのは質より量や速さの方だろう。別にポン酢の味が多少薄くても、仮に酸味が勝っていたところで、彼らなら好き勝手に醤油をかけるなり何なりするのではないかと思った。

第一、「出張料亭・おりおり堂」を辞める時、仁の味覚は完璧とまではいえないにせよ、ほぼ昔通りにまで回復していたのだ。

それでもやっぱり譲れないんだろうなと思う。仁とはそういう人なのだ。

実際、薬味のショウガやミョウガはこれでもかというほど細く、青ねぎも大葉もレース編みのような繊細さで刻んである。

加えて大根の中に唐辛子を差し込むようにしてすり下ろすもみじおろしまでもが美しい。

それにしても、と、澄香は改めて、さっきちょっと気になったことを思い出した。

大根はともかく他の薬味をこうも丁寧に刻むには相当な切れ味の包丁が必要なはずだ。

実は澄香はキッチンで仁が握っていた包丁を見て首を傾げたのだ。

見たことのない包丁だった。

それもそのはずだ。

あの桜舞い散る春の日に、京都に向かった仁は包丁を携えてはいなかった。

それまでの彼の生き様を見れば、命の次に大切な相棒だったはずなのだ。それを彼はおりおり堂の厨に残していった。

恐らくそれこそが、由利子に対する責任の取り方、ひいては彼の覚悟を示していたのだろうと思う。

残された包丁の何本かは桜子や澄香が引き継ぐ形で使っているが、仁がもっとも大切にしていたメインの包丁数本には触ってさえいない。さらしに包んだまま、おりおり堂の厨の引き出しの奥に大切にしまってあるのだ。

これほど長い間、研がずに放っておいて大丈夫なのかと思わないでもなかった。もちろん仁は油を塗(ぬ)って、新聞紙で包むという、おそらくはもっとも適切な保管方法を選んでいるのだが、それでも刃物の特性を考えれば手入れをした方がいいに決まっている。

だが、料理人の魂(たましい)ともいうべき包丁に不用意に手を出し、自分の拙(つたな)い研ぎで癖をつけてしまうことはとんでもない蛮行(ばんこう)のような気がして手が出せなかったのだ。

そんな経緯もあり、仁が手にしている包丁にどうしても目がいった。

今、ここで仁が手にしている包丁は古いものだ。しかし、澄香にはまるで見覚えがない。新しく買ったのかとも思ったが、これでも澄香は一年間、仁の傍で包丁のことを学んできたのだ。年季の入り具合を見れば、長い間使い込んできたものであることぐらいは分かる。とはいえ、この劇場の備品とも思えなかった。年季は入っているものの、元はものすごくいいものなのだ。誰もが使える共用の炊事場に無造作に転がっているような品ではない。

京都の料亭こんので、由利子や葵の父である親方か、先輩の料理人から譲られたのかとも思い訊いてみたが、仁は「いや」と首を振っただけだった。

一年半近く、仁がどんな暮らしをしていたのか。

何故ここにいるのか。この先どうするのか。

訊きたいことは山のようにあったが、何一つ訊けていなかった。

「やっぱり塩が一番ええきに」

虎太郎が声を上げたのに、はっと我に返る。

鰹のたたきを塩で食べるのは高知の流儀らしい。

坂本龍馬ファンだという座長は時折、土佐弁を交ぜ込みながら蘊蓄を披露していた。

「にしても、仁さん。この塩はいい塩やね」

「ああ、それは角の乾物屋さんにいただきました」

仁は買い物がてら商店街を歩いて商店主たちと話をするのを楽しみにしており、懇意になった彼らが観劇ついでに差し入れを持ってきてくれると聞いて澄香はびっくりした。

仁さん、あなたそんなキャラでしたっけ？

と思うような話である。

鰹のたたきはなるほど塩でいただくと鰹そのものの味がよく分かる。

座長は焼酎の水割りを勧めてくれた。

「お姉さんは別に飲んでもかまんがじゃないがかえ」と言うのだ。

座長はまだこの後、稽古があるため薄めの水割りを二杯までと決められていた。

「だって、座長。すぐ寝ちゃうんですよ」

あきらの言葉にトメイがかかかと笑う。

「土佐のいごっそうも形無しだな」

そういう彼女はカップ酒をちびちびと舐めながら鰹のたたきを一切れ口に放り込んでいた。

美しい包丁さばきですらりと切られた鰹の断面は蛍光灯の光を受けて宝石のように輝く。血合いに近い部分の深みのある臙脂色から、少しずつ淡い色合いに変わるグラデーションだ。ほどよく焼けた皮目の香ばしさ、周囲が僅かに白く変わっているのは表面だけに火が通っている証拠だ。

口に入れると、まず藁焼きの香ばしさと塩の味が拡がる。この塩は藻塩と呼ばれるもので、海水につけた海藻を煮詰めて取るらしい。

普通の塩よりうまみがあり、ミネラルというのか、海の香りが濃いように思う。食卓塩などに比べ、味に奥行きがあるのだ。

噛むと鰹特有の風味とねっとりとした食感が口いっぱいに拡がる。

厚かましいとは思いながらも、座長や五郎が勧めてくれるので焼酎の水割りをいただく。口に含むと、これまた麦焼酎独特の香ばしい甘さが拡がり、えもいわれぬハーモニーを織り上げるのだ。

「おっ俺らのスーパーアイドル登場！　ぱふぱふっ」などと歓声が上がり、聖也が新たな取り皿を配って回る。

仁が油淋鶏の皿を運んできたのだ。

油淋鶏は片栗粉をまぶした鶏もも肉を油で揚げ、みじん切りにしたねぎやショウガ、にんにくに醬油や酢で作ったたれをかけて食べるものだ。

おりおり堂のまかないで仁が何度か作ってくれたことがあり、澄香の大好きなメニューの一つである。ぱりぱりに揚げた熱々の鶏もも肉にたれをかけると、じゅっと音がして一瞬にしてねぎがしんなりし、油とたれが混ざり合って一体化する。

さっきキッチンで仁が「山田がいるなら油淋鶏にするか」と呟いていたので、恐らく澄香がこの料理を気に入っていたのを覚えていて、メニューを変更して作ってくれたのだろうと思うと、我知らず顔が緩んでしまう。

澄香はふと思った。

こんな状況になるのは初めてだ。今まではどんなに沢山の人がいたとしても澄香は仁の助手であり、ある意味、他とは違う特別な立場だった。

それに対してここは完全なアウェーだ。もちろんみんな親切にしてくれているが、居心地の悪さは拭えなかった。目の回るような忙しさの中、こうやって仁が自分に対して見せてくれる小さな心配りが本当に嬉しいのだ。

大皿にはさすがというか、芸術的に細く切り揃えられたきゅうりを敷いた上に山のような揚げ鶏が盛られ、たっぷりのねぎソースがかかっていた。

熱々の鶏を口に運ぶと、かりっと揚がった衣や皮の食感に、ねぎを始めとする香味野菜のうまみをまとった酢と油、香ばしい醤油の香りが渾然一体となって拡がる。

「はあぁ、おいしい」

テーブルを見回すと、みんなが幸せそうな顔でごはんを食べていて、澄香は嬉しいような困ったような複雑な気持ちになった。

劇団紙吹雪は月末にここを発ち、来月初めからは名古屋での公演が決まっている。月末の最終日、昼の部が終わったらその日の夜に移動する予定だそうだ。

名古屋か……。おいしいごはんを食べながらも、うーんと考えこんでしまう。

大阪から見れば、少し東京に近づくといえなくもないが、その前に仁はどうするんだろう。彼らと行動を共にするのか、それともおりおり堂へ帰るのか。

思わず顔を見たが、仁は無言のままだった。

食事を終えると団員たちは再び舞台に戻り、稽古を始めた。

この劇団に限らず、どこの劇団でも毎日、しかも昼の部と夜の部、違う演目をかけるのが普通だそうだ。

澄香の友人が所属する小劇団では一つの芝居の稽古に何ヶ月もかけると聞いていただけにこれには驚いた。

しかも、台本などはなく座長の頭の中に入っている台詞に演出を口伝するのだという。

仁も照明を担当する関係で稽古に立ち会うと聞いて、澄香は仰天した。

まだ働くのかと思ったのだ。

大変なんてものではないと思う。

劇団員の生活もそうだ。

一日、いや一年のすべてが舞台を中心に回っていることになる。

これは心底、芝居が好きな人間でないととても務まらないのではないだろうか。

今夜の稽古が何時までかかるのかと訊くと、日によって違うが、長い時は二時頃までかかるという。

といっても未来は明日も学校に行かねばならない。そこで未来の出番の部分だけを先にまとめて稽古して彼を寝かせ、翌朝、変更点や全体の流れを書いたものを渡しておくと、学校の休み時間にそれを確認して自分のものにして帰ってくるのだそうだ。

そんな社畜のサラリーマンみたいな生活を、小学生がやっているのか——。

確かに舞台を見た感じでも、未来からはとても小学生とは思えない高いプロ意識を感じたが、まさかそこまでとは思わなかった。

しかし、しっかりしているとはいえ幼い子供にそれはちょっと酷なのではないかという気もする。階下ではまだ稽古が続いているが、先に引き上げてきた未来を相手に澄香は宿題を見ていた。

「あー助かりますぅ。山田のお姉さん、宿題お願いしますね」

あきらに拝まれるように言われたが、元はといえば夕方、頼まれていたのを忘れた澄香が悪いのだ。

時刻は既に十時を過ぎている。

実のところ、仁は食事が終わった時点で片付けを手伝う澄香に「山田、もう帰っていいぞ」と言った。

「いや、あのですね。帰れと言われましても、その、ここへ来た主目的が何一つ……」

澄香の言葉に仁もはっとしたようだ。

「悪い。そうだったな。つい昔みたいな気になった」

まさかここに泊まっていくわけにはいかないが、多少遅くなってもホテルまでタクシーで帰れるだろう。

とりあえず、ここへ来てからずっと巻き込まれ続けている感のある騒がしくも忙しない嵐が去ってくれないことには仁とまとまった会話をすることさえままならず、これでは何のためにここまで来たのやら分からない。

せめて、何故仁がここにいるのか、おりおり堂にいつ帰ってくるのかを聞くまでは帰れなかった。

しかし、まずは未来の宿題だ。

実はさっき、あきらから色々と注意されていた。未来がごねるかも知れないが、決して絆(ほだ)されることのないようにしてくれというのである。

澄香にとって、ここまでの未来の印象は最悪だ。というか、未来の方が澄香を気に入らないようだ。基本的にいないものとして無視されている状態に近い。

気難しい子供なのかとも思うが、しかし芝居中はもちろん、歌謡ショーの合間に客席に降り、観客一人一人と握手をしていた時だって非常にあどけない笑顔を浮かべていた。

その笑顔は澄香の隣席、例の金髪少年に対してまで発揮され、そこで未来は不意に真顔になったのだ。

つまり澄香にはサービスはなされなかったというわけである。まあ、澄香は観客ではないので当然といえば当然なのだが、本当にスイッチを切ったみたいに笑顔がすこんと消えたのだ。可愛くないというより、ちょっと闇を感じて怖いほどだった。

「あの、山田のお姉さん。見た目に騙(だま)されないで下さいね。未来を一般的な小三だと思っちゃ負けなんで」とあきらに言われている。

なるほど、ならばお手並み拝見とばかりに営業用の笑顔を浮かべ、高めのトーンで言ってみた。

「さあ、急いで宿題片付けちゃおっか」

これは夕方、おにぎりを勧めた時と同じトーンのものだ。相手が普通の小学生ならば、一般的な対応で十分だろうと思ったのだが、結果は例のごとくほぼ無視されて終わった。

案の定、今回も「けっ」と言われた。

「別に宿題なんかやらなくたって、あんたは何も困らないだろ」と反抗的な態度で言うのである。

さて、この場合、何と言うべきかと考えながら澄香は無言のまま未来を見下ろしている。

食事を終えた居間を片付け、未来のために机はかくも広く、準備は万端だ。

「きもっ」

無言の澄香が怖かったのか、忌々しげに呟くと嫌そうにランドセルから教科書とノートを出してきた。例の寄せ書きを下敷きみたいに加工した飾りがざらざらと音を立てる。

無言のまま腰を下ろすと、今度は未来がしくしく泣き出した。

「ねむい。未来、ねむいよぉ。お姉さん」

小さな手で目を擦り、細い肩を震わせて、世にも悲しげな声で訴えてくるのだ。

澄香は無言で見守っている。

しくしく……と泣き、時折ちらりとこちらの気配を窺っているのが分かる。

正直なところ、あまりにいとけない姿にかわいそうになってきた。

もういいよ寝なさいとか、宿題は私がやっておくからとか言いそうになるのを心中深く留め、決して表に出さないように腐心する。

結果、無言だ。

未来はしくしく泣いている。

「ごめんなさい……ボクが悪い子だからお姉さん呆れたんだよね。えぐ……」としゃくり上げる。

うーんと澄香は内心頭を抱えていた。

すごく悪いことをしている気になるのだ。

あまりに彼の演技がうますぎて妖怪か何かを相手にしているような気がしてきた。

しかし、これは――と澄香は思った。

自分は未来の言動をすべて演技だと決めてかかっているが、もし本当だったらどうしようと考えたのだ。

だが、それはそれ、これはこれ。何とか彼に宿題をさせなければならない。

どうしたものかと思いつつ、うまい言葉が見つからないので結果無言である。

ついに未来が顔を上げた。

「あーやめた。アホらしい。つーか、あんた怖いんだけど。それでも人間か」

始まった罵倒に澄香はにんまりした。

「眠いのに寝かさないって、これって虐待だよな」

未来の言葉に頷き答える。

「いや、親切」

「親切？」

未来は長い前髪の向こうで例の凄まじい目力のある瞳を上げた。

ようやく本心で向き合ってくれたようで何よりだ。

「そう。君が明日学校で恥をかかないように言っている」

「は？」

未来は心底信じられないという顔をした。

「恥？　宿題してないのが恥だっつーの？」

「あれ、恥ずかしくない？」

「んなわけないだろ。こっちは忙しいんだよ。あいつらみたいに勉強だけしてりゃいいってもんじゃねえんだよ。そんなのみんな分かってるし、先生だってこいつはどうせ一ヶ月でいなくなんだから、どうでもいいやって思ってんだよ」

「へえ、そうなんだ」

意外そうに言うと、未来はがしがしと髪の毛を掻き上げた。

「あんたさ、いい年してそんなことも分からねえ？　どうせ俺なんかどこの学校行ったって腫れ物扱いなの」

そこで未来は溜息をつき、憎々しげに「頭の悪い大人だな」と言い放つ。

「普通さあ、この辺でそれならしょうがないねってなるぜ？　ちょっとは気を遣えよ。女のくせに」

「女？　女が全員気を遣うと思ったら大間違いだなそれは」

澄香の言葉に未来が口をぽかんと開けた。

「は？　はあ？　もしもし？　あんた大丈夫か。相手は子供だぜ？　正気かおばさん」

「おばさん？　気遣うべき子供は、相手は子供だぜおばさん、とか言わない気がするけどね。まあいいや、とりあえず宿題しようか」

「いや、聞いてなかったのかよ？　だーかーら、俺が別に宿題忘れてったって、あ、未来君はしょうがないねで終わんだよ。分かる？　俺はお客さんみたいなものなの。しかも祟り神みたいな」

「ほう？」

祟り神とはまた面白い喩えだなと澄香は思った。

「それはどういう意味で？」

訊ねてみると、未来はうーっと少し唇を尖らせた。

「何ての？　迷惑なんだってさ。手厚く祀っておかねえと悪いことが起こるんだから祟り神じゃん」

「それってさ、誰かに言われたわけ？　お前は祟り神だって」

未来は首を振った。

「俺がそう思っただけだ」

未来がぽつりぽつりと語ったところによれば、やはり転校先の学校によっては未来の養育環境などが問題になることもあるらしい。学校側がアクションを起こすというよりは、他の保護者が問題視して、教育委員会が動かざるを得なくなるというパターンが多いようだ。

大抵の学校では一ヶ月しか在籍しない児童のためにことを荒立てるのを厭い、穏便にその時期が過ぎるのを待つのだそうだ。

そのため、未来が表立って問題を起こしたりしない限りは好き勝手させているようだ。

「俺さあ、これでもすごく大人しくしてるんだよね学校で」

級友にも教師にもとにかく構われるのが鬱陶しいのだそうだ。

低学年の頃はそれほどでもなかったのに、三年にもなるとクラスメイトの女子からイケメン、イケメンと騒がれるようになった。

同級生だけではなく上級生までもが自分を見て、きゃあきゃあ言うし、親にせがんで芝居を観にくるのはまだしも、付き合って欲しいとか言い出す上級生もいて大変らしい。

「へえ、モテるんだ」

「嬉しくないからな、それ。ぜんっぜん嬉しくない」

「え、そうなの？　なんで？」

「嫌いなんだよ、女。ブスに限って化粧濃いし、甘えた声出してべたべた触ってきて。仕事じゃなきゃそんなん見たくもないからな」

「いやぁ、さすがに小学生は化粧しないんじゃない？」

未来は激しく首を振った。

「いや、してるヤツもいるし。ってか、そこじゃない。一緒なんだよ。声もやってることも全部うちの親父に付きまとってる連中と一緒なんだって」

「あー……」

夕方、五郎と喋っている時、ふるまいの際に座長が女性ファンに囲まれて鼻の下を伸ばすだろうというようなことを五郎が言った時の未来の反応を思い出した。

どうやら未来は父である虎太郎が女性にちやほやされる姿をよく思っていないようだ。

しかし、思春期の少年ならば分からないでもないが、こんな幼い子供がここまで思いつめるものかと少し不思議な気がした。

もしかすると、実家に帰ってしまったという母親が何か関係しているのかとも思ったが、さすがに彼にそれを訊くのは憚られる。

未来は澄香を話し相手に認定したらしく、堰を切ったように話し始めた。苦労人の愚痴を聞かされているような気分になる。

行く先々で女子児童に囲まれるのに嫌気がさした未来は、とにかく目立たないようふるまうことにしたそうだ。

トメイがやってきて、気配を消す方法を体得することに成功したと嬉しげに言われて、さすがに澄香も言葉に詰まった。

さて、気配を消すことに成功した結果、どうなったかというと、まず以前のようにモテることがなくなった。完全ではないものの、とりあえず興味本位の人目を惹かなくなる程度の効果はあったらしい。

「だけどさ」

未来が溜息をついた。

「なんか今度は透明人間になったみたいな感じ」

「えっ」

驚いて顔を見る澄香に彼はぷうっと頰を膨らませた。

「元々さあ、友達ってできないんだよ。放課後も遊べないし、休み時間も芝居の段取りとか覚えてるしな」

その上で気配を消すと、本当に誰も自分を顧みなくなるのだそうだ。

「だから宿題忘れても、先生としちゃ、あ、お前おったんかーぐらいのもんでさ。問題にもならないわけ」

「でも、明日先生が来るんだよね？」

「あれは、あんなの形式だけだ。分かる？　形だけなの」

「そっか……」

もはや彼を説得する言葉を持たない澄香に、未来がふんっと鼻息を吐いた。

「しょうがねえな。あんたに免じて宿題やってやるよ」

「え、ホント？」

なんで澄香に免じて宿題をやることになるのかと思ったら、「あんたは女らしくないからな」と言われた。多分、未来にとっては褒め言葉のはずだと思うのだが、さすがに一瞬絶句したのは秘密にしておく。

ぶつぶつ言いながら未来がノートを開いたのを見て、澄香はびっくりした。

小学校の教員をしている友達に聞いた話だが、学校によって、あるいは地域によっても、当然カリキュラムの進み具合は異なる。

学期途中の転校生がもっとも困ることだそうだ。転入先が前の学校より進捗が遅ければ同じ内容を二度習うだけで済むが、逆の場合はそこだけ空白が生じて、子供によっては学習の躓きの原因になってしまったりもするらしい。

未来の場合、それが毎月なのだ。

未来は頭のいい子供だし、演劇面の才能は抜きん出ていると思うが、もしかすると、学力面ではあまり期待できないかも知れないなと澄香は考えていた。

しかし、未来のノートはとても丁寧な字できちんと書かれていたし、算数の宿題も難なくこなしている。

「へえ。勉強好きなんだ」

「は？　まさか」

「でも君、成績いいでしょ」

未来はシャープペンシルを持ったまま、ちょっと遠い目になった。

「それももう終わるよ。魔法が解けるからね」

どういう意味だ？　と思って待ったが、それきり未来は宿題に集中し始めたので訊けなかった。


無事、宿題を終えた未来を和室の敷いたままになっていた布団に押し込み、洗い物をしていると、あきらが戻ってきた。

「あー山田のお姉さん、すみませんでしたぁ。未来、ちゃんと宿題しましたか？」

終わらせたというと大層驚かれた。

「さすが仁さんのパートナーさんすね。あの未来に言うこと聞かせるなんて」

「いや。パートナーって、ただの元同僚というか部下なんですけど……」

「あれ、そうすか？　わっすみません。仁さんが前に信頼するパートナーがいるみたいなことを言ってたの、てっきり山田のお姉さんのことだと思ってたんだけど、違うのかな」

は？　何だそれと思ったが、その続きを訊くのが怖くて澄香の方で話を変えてしまった。

もし、本当に仁がパートナーと認める誰かがいたとして、それが自分だと思うほどの自信もうぬぼれも澄香にはない。

下手に話を訊いて、あ、それ自分じゃないわと悟った時のことを考えると、おいそれとは訊けなかったのだ。

いや、違う。と澄香は自分に言い聞かせた。

違うぞ、山田澄香。

真実とは向き合わなければならない。

いずれ、というか多分、今日明日中に決着は付くだろう。

そこから逃げることは許されない。

だが、仮にそこで血を流し屍と化すとしても、それを自分は仁本人の口から訊きたいと思うだけだ。明日までに仁とちゃんと向き合って、彼の口から訊かねばならない――。

ちなみに、あきらが言った「さすが仁」の意味は、それまでまかないを食べることを拒否し、菓子やファストフードしか食べようとしなかった未来に食事をさせることに成功したからだそうだ。

「え、どうやってだろ？」

「さあ、そこ誰も見てなかったんで分からないんすけどね。それまでうちらがいくら言っても絶対に食べなかったのが、嘘みたいで」

あきらの話を総合すると、どうやら未来は母が去ってから、食事をすることを拒否するようになったようだ。

「あーやっぱりお母さんのごはんが良かったってことなんですかね」

一種の抗議行動のようなものなのだろう。

そう言うと、あきらは大きく頷いた。

「自分、さわさんに約束したんすよ。あ、さわさんって未来のママなんすけどね。さわさんの足もとにも及ばないのは分かってたけど、未来のお母さん代わりになりますって宣言したのに、全然、できてなくて」

快活な瞳を少し曇らせ、眉を下げる。あきらは二十四歳だそうだ。

「あきらさんまだ若いから、それ無理ないんじゃ……」

「そうなんすけど。自分としては少しでもさわさんに近づきたいんす」

「さわさんってそんなにすごい人だったんですか？」

「そおりゃもう」

澄香の問いにあきらは金髪のポニーテールをぶんぶんと尻尾のように振りながら頷く。

「自分、最初は座長に憧れてこの劇団に入ったんです」

しかし、そこには先輩役者のさわがいた。

「さわさんはキレイで優雅で芝居もめっちゃうまくて、そんで、そんで、舞台を降りても自分らの面倒見てくれて、おいしいごはん作ってくれて」

あきらは勢い込むあまり息を弾ませ畳みかけるように言った。

「それだけじゃないんす。未来や若菜の子育てはもちろん勉強も完璧に見てて。ほとんど寝る暇もなくて、すごくしんどかったはずなのにいつも笑顔で。ホントのホントにすごい人なんです」

「ああ、もしかして、だから未来は成績が良かったんですか？」

「そうなんす。あ、よく分かりましたねー。さわさん、役者になる前は学校の先生だったんすよ」

なるほどと澄香は思った。それでさっきの未来の言葉が腑に落ちたのだ。

さわがいた時、子供たちの勉強は彼女が見ていた。転校先によって進捗の遅れが生じたとしても、元教師ならばその程度のずれは十分カバーできるだろう。

未来が「魔法が解ける」と言った意味はこれだったのだ。

深夜一時、階下の稽古が終わったらしい。

これから束の間、役者たちにとって自由時間となるようだ。

仁も戻って来た。

よし、と思ったわけだが、今、キッチンで並んで洗い物をしているこのチャンスにも澄香の口は金縛りにでも遭ったようにかくかくするばかりで意味ある言葉をなさないのだ。

「え、と……あの、仁さん。お久しぶりです」

「ああ、そうだな」

苦笑されてしまった。

「山田。俺は今、事情があってここにいるけど、必ず帰る」

明日の仕込みをしながら目を伏せて言う仁に澄香は、お、おうと言いそうになって、口を噤んだ。

こんな時、何と言うのが正解だったのか、頭の中に色々想定問答集を用意していたのに、全部どこかへ飛んでしまって出てこない。

さすが自分だ。悪い意味で。

そう思ったが、とにかくこれだけは伝えなければならない。

焦った澄香は口を開く。

「あ、あの……。待ってます」

仁はふっと笑い、「ありがとう」と言った。

それ以上、何か言うのは無理だった。

黙って頷くばかりの澄香である。


不意に外国語が聞こえた気がして驚いて顔を上げる。

劇団員はさっき聖也が顔を出したのを最後に姿を見ていなかった。誰かがふざけて何か言ったのかと思ったのだが、そこにいたのはどういうわけか金髪の少年だった。

一体どこから入ってきたのか。芝居の上演中、澄香の隣にいた外国人だと思い出す。

狭いキッチンの入口を塞ぐ形で立ちはだかり、彼は仁の顔を見ながらぺらぺらと何か言っている。

どうやらフランス語らしいのだが、当然のことながら内容はさっぱり分からなかった。

それにしても……。改めて少年の顔を見直した澄香は溜息をついた。

美しい。頭にわっかが載っている、天使と見紛(みまが)うような金髪美少年だった。

金髪といってもここの劇団の女性あきらのように脱色した派手な金色ではなく、ふわりとした癖っ毛のミルクティブロンドとも呼ぶべき髪だ。

さらに彼はとても不思議な目の色をしていた。薄い緑というか茶色っぽくも見えれば、金色にも近い。角度によって色が変化するうえ照明を浴びてきらりと光る様が猫のようなのだ。

肌の色はちょっと羨(うらや)ましいぐらいに白く透き通りすべすべしている。もちろん触っていないので知らないが、もしかするとすべすべどころかもちもちかも知れないと思わせる美しさだ。

ぼうっとしていた澄香は次の瞬間、思わず息を呑(の)んだ。少年の手に握られているものが目に入ったからだ。

一瞬、それが何なのか分からなかった。

包丁を置いた仁が両手を挙げて、いわゆるホールドアップの形にしたのを見てようやく理解する。

信じがたい話だが、彼が仁に向けているのは小型拳銃(けんじゅう)だった。

もっとも日本に生まれ育った澄香は拳銃の実物など見たことがなかったから、これが本物なのかどうか分からない。事実、彼の手にあるものはおもちゃのように小さかった。外国の映画などで女性が護身用にバッグにしのばせているようなものといえば分かるだろうか。

澄香は詳しくないが、実は姉の布智(ふち)がガンマニアである。

彼女のコレクションはもちろんモデルガンだが、一緒に外国映画を観た時に、ヒロインがバッグから取り出した護身用拳銃を見て、あれは二十二口径(こうけい)だなとか言っていた気がするから恐らくはその辺りだろう。

とはいえ口径が小さいからといって安全というものでもない。大型拳銃に比べれば威力は劣るが、むしろこんな至近距離で発砲するならば口径の小さい方が適しているし、きちんとダメージを与えることができるのだと布智の蘊蓄を聞いた覚えがあった。

そこまで一瞬にして考え、いやいやと打ち消す。

ここは日本だ。こんな少年が銃を持っているなんてことはあり得ない。おそらく布智のコレクション同様モデルガンだろう。

第一、考えてみればここは芝居小屋だ。

もしかするとこの子も役者か、もしくは役者志望か何かなのだろう。

澄香を驚かす目的とか、あるいは稽古の一環でこうして仁と二人で寸劇を披露しているのではないか。となれば拳銃はとても精巧にできた芝居用の小道具に違いない。

ということは仁もグル？　いや、仁だけが知らされていないサプライズ（なんのだ？）ということだってあるのか――。

などとつらつらと考え、どうにか目の前の光景を理解しようと目論むも、残念ながらキッチンを覆うぴりぴりとした空気は本物だった。

シンク横の台には明日の仕込みのために用意された刻みかけの野菜、出番を待つ里芋、ブロッコリーやカリフラワーなどがざるの中に積まれている。

鍋の中ではたっぷりのショウガを加えたいわしが煮え、キッチンはおろか建物中においしそうな匂いを漂わせていた。

夜になって大量のいわしが持ち込まれたのを仁が手早く下ごしらえして、煮ているのだ。三人が睨み合っている（正確には睨み合っているのは二人、澄香は隣で立ち尽くしているだけ）のは例の段ボールが山積みで、大きな米袋や紙袋が雑然と置かれたキッチンだ。

天井には丸形の照明器具があり、白っぽい光を投げかけている。

壁の四角い換気扇のファンが、ごごごと妙な音を立てながら高速で回っていた。

正直、あまりきれいとは言えない。

劇場のオーナーによれば予算の限界で主に改装したのが一階の劇場部分、二階の住居部分にはあまり手を入れることができなかったとのことで、古い窓や換気扇などは以前のままなのだ。

それこそ昭和の時代からあるのではないかという古びたアルミサッシの磨りガラスには輝く星の模様が浮き彫りになっている。

とても平和で牧歌的ともいえそうなキッチンに、あり得ない光景が広がっていた。

澄香は拳銃から目を離せずにいる。

金属特有の冷たい光沢を放つそれが布智の持つモデルガンの質感とは明らかに異なることをどう考えればいいのか。

「フランス語は分からない。日本語を喋ってくれ」

静かな低い声が聞こえた。仁だ。

仁はまったく動じていない。

これが芝居なら仁はもう少し驚いたり怯(おび)えたりしそうなものだ。

そもそも前提がおかしいだろう。

あの仁がなんでわざわざ澄香に見せる目的で、茶番を演じる必要があるというのか。

では、この少年が一人で芝居をしている？　しかしそんなことをする理由が謎だ。

少年は苛立(いらだ)ったように言った。

「ラウル。ふざけるのも大概(たいがい)にしろよ。何故、僕がお前と日本語で喋らなければならない。言え。どういう理由でこんなところにいる。先回りして僕を待っていたのか」

ラウル？　誰のことだと思った。

異議を唱えはしたものの、少年は流暢(りゅうちょう)な日本語を喋っている。

「人違いだ。俺はラウルなんて名前じゃない」

相変わらず両手を挙げた状態で仁が言う。

「馬鹿を言うな。貴様なら料理人になりすましてこんな場所に潜ることだって容易だろう」

怖いと澄香は思った。

どうやら彼は本気で仁がそのラウルとかいう男だと思い込んでいるようだ。

何をどう勘違いしたらそうなるのか分からないが、少年はまっすぐ仁を見たまま、まったく視線を動かさない。異常性すら感じさせるほどの集中力だった。

「あ、あのぅ」

気がつくと、口が勝手に喋り出していた。

「私、この方をよく知っていますが、橘仁というお名前でラウルなんて名前ではありませんし、私の知る限り何年も前からずっと料理人をされてますけど」

おそるおそる訴える澄香に少年は仁から目を離さないまま「お静かに」と言った。短いがぴしりと有無を言わさぬ口調だった。

「こんな男と口裏を合わせる必要はありません。あなたに害を加える気はありませんので、できればこの場から立ち去っていただきたい」

いやいやいやと澄香は内心叫ぶ。

ツッコミどころ満載だ。反論したいのは山々だったが、銃を持つ相手に迂闊なことも言えない。

場を支配する緊張感が強すぎてちょっと笑い出したくなったが、銃を突きつけられている仁を見ると、事態の深刻さを再認識させられてすっと頭が冷えた。

タチの悪いいたずらならばそろそろ種明かしをしてくれてもいいのではないかと思うのに、仁と少年の睨み合いは緊迫感を増すばかりだ。

銃というのは何か強烈な磁力のようなものを発現しているのかと思った。そこに存在を感じるだけで、そちら側の肌が焼け付くように痛むのだ。これとまともに向き合っている仁の心中はいかばかりかと思うと、いてもたってもいられなくなった。

澄香はそっと歩き出し、立ち去ると見せかけて仁と少年の間に割って入る形で立ちはだかる。

ぬるりと視界に入って来たであろう澄香に少年が目を見開いた。

「危ない。どいて下さい」

「どきません」

いや、まったく。我ながら結構かっこいいんじゃないかと思ったが、声が震えているのはいかんともしがたい。

声だけではなかった。足も情けないほどがたがたと震えている。

それでも、仁を危険にさらしているよりはずっと気分が楽だった。

「山田」

ぐいっと引っ張られ、仁に後ろから抱き寄せられる格好になっていることに気付いて、ひぃいとなった。

仁は素早く前に出て澄香を自分の身体の後ろに隠すようにすると、少年に言った。

「見ての通り俺は忙しいんだ。邪魔をするな。話は後で聞いてやる」

それから、と仁は付け加えるように言った。

「彼女には指一本触れるな」

はあああ、と澄香は内心で絶叫していた。こんな状況下でこのような感情を抱くのは不謹慎だと十分分かってはいるものの、あまりに萌える。

さすがこのイケメン、問題多すぎ無自覚帝王。かっこよすぎて萌え死ぬ。泣くわこんなんと思ったが、もちろんそんな場合ではない。

少年はチッと大きく舌打ちしたが、それ以上争うつもりはないらしく、大人しく引き下がった。

拳銃は、と見ていると足だ。足首にホルスターがあるようでそこにしまっている。

立ち上がった彼は再び仁を睨め付けた。

「お前が本当に料理人だというなら、その証拠を見せてみろ」

高慢な口調で少年がそう言った瞬間、ぐーきゅるると大きな音が鳴り、微妙な沈黙が降りる。

「あ、あの、お腹。もしかしてお腹空いてます？」

思わず出た澄香の言葉に、あ、と赤面する彼はそれまでの態度が嘘のように可愛らしく、思わず仁と顔を見合わせてしまった。

今、澄香の隣で少年は正座している。

その足首に二十二口径の銃をしのばせていることになるわけだが、お尻に当たって痛くないのだろうかと、澄香は人ごとながら心配になった。

「さぁ、遠慮せずに食いなよ」

「ほら、にぎりめしもあるぜ？」

食事をさせると言っても、みんなの夜食用にと残りごはんをおにぎりにしたものを含め、ここにあるのはすべて劇団の食材だ。

仁の一存でというわけにはいかず、座長である虎太郎の許可を得ようとしたら、話を聞きつけた劇団員たちがわらわらと出てきてしまった。

「かわいそうに。記憶喪失とはなぁ」

何故かそういうことになっている。

当たり前といえば当たり前なのだが、よもやこの少年が拳銃を携行しているなどとは知らぬ劇団員たちは総じて同情的だった。

「んで、お前さんはどこから来たんだい？」

少年は不安げに瞳を揺らしながら左右に首を振る。

「分からねえのか、参ったな、こりゃ。けどよ、どっちの方角から来たのかぐらいは分かんだろ？」

　少年は頷いた。

「橋の上で外国の人が沢山いて写真を撮っていました。大きなスポーツ選手のネオンがあって」

「それってミナミの？　なんだっけ」

「戎橋（えびすばし）！」

「グリコのアレかあ」

　団員たちが頷く。

「でも外国の人が、っていうけど、そもそもこの子、外国人なんじゃないの？」

　あきらの言葉に一同が顔を見合わせた。

「日本語喋ってるけど？」

　そう言ったのは聖也だ。

　じゃあハーフなのか？　日本に住んでるハーフ？　と皆が首を傾げている。

　少年いわく、戎橋より前の記憶はまったくないそうだ。気が付くとそこに立っていた。そして何となく歩いているうちにいつの間にかここへ辿（たど）り着いたのだという。

　夕方、お腹が空いていたところで「何かとてもいい匂いがした」。ふらふら歩いているとサムライとゲイシャがいるのが見えたので喜んで寄って来たというのが本人の言い分である。

芝居がはねて、一旦外に出たものの、どこに行けばいいのか分からず、さ迷(まよ)っているうちにここへ戻って来てしまったのだという。

どう考えたって、ラウルとかいう人物と仁を誤認したうえで意識的に戻って来たはずなのだが、仁が黙っているのに自分がそれを言うのもどうかと思い、澄香は様子見をしながら黙っていた。

「そのグリコの前にどこにいたのか思い出せないのかい？」

首を振る少年の前に、五郎が手のひらを上向けてさし出す。

「どれ、持ち物全部出してみな。何か一つぐらい手がかりになるもんがあるだろよ」

少年が服のポケットを全部ひっくり返したが、何も出てこなかった。

もちろん例の小型拳銃は出さない。

それにしても、この手がかりの乏(とぼ)しさは逆におかしいほどだ。

特徴がないのは彼の服装も同様だった。

少年が着ているのはグレーのTシャツに白のパーカー、ボトムはカーキ色のカーゴパンツだ。ボトムがワンサイズ大きめなのかだぶだぶしているのは拳銃を隠すためかと深読みしてしまう。

特徴らしい特徴がないのが特徴の衣類はすべて巨大量販店のものだと思われる。

まさに量産品だ。都市部を歩いていればどこにでもある店だし、海外でも展開している。いや、違うなと澄香は隣席の少年を見ながら考えている。上下どれも買ったばかりで真新しいように見えるのだ。

たとえば素性を隠すためにそれまで着ていた服を捨て、これに着替えたような感じだ。

「仁さん、この子に腹一杯食わいしゃってや」

座長にそう言われた仁は煮上がったばかりのいわしの生姜煮、ブロッコリーとささみの和え物、高野豆腐の揚げ煮に常備菜の皿を並べている。深夜なのでカロリー控えめ、お腹に優しいメニューだ。お酒のつまみを兼ねるものばかりで、「お相伴(しょうばん)」と言いながら晩酌を始めている劇団員もいた。

「卵焼きは甘いのと辛いのとだし巻きとどれがいい？」

仁に訊かれ、少年は一瞬ぽかんとしたが、即座に「甘いの」と答えた。

澄香は、あれ？　と首を傾げた。

日本の文化に馴染みのない外国人ならこうも簡単に答えは出てこないはずだ。というか、さっき仁に対して銃を突きつけていた少年と、今、無邪気におにぎりを食べている彼の姿があまりにも違いすぎて違和感がものすごい。

一体、彼は何者なのか。

疑問は増すばかりだが、とりあえず彼は仁の作るごはんがひどく気に入ったようだった。

物も言わずにもくもくと食べては、時折感嘆したように天を仰ぐ。

嬉しそうだ。

その行動はともかく、天使のように可憐な少年がにこにこと満足げにごはんを食べている姿を見ると、こちらまでほわぁとなる。

それにしても不思議なのは彼の仕草だった。箸の持ち方も皿を持つ所作も流れるようで美しい。優雅というか、気品さえ漂っているような気がするのだ。

謎は深まるばかりだった。


「はあ？　山田マジか」

そう言ったのは澄香の友人、諸岡みうだった。可愛いのは名前だけの超肉食系。恋愛ハンターの異名を持つ女だ。

互いに価値観というか恋愛スキルが違いすぎてまったく理解できないのが一周回って、三十過ぎても関係が継続している珍しいタイプの友人だった。

その諸岡、ヨーロッパと日本を行ったり来たりする中で数多のラテン男と浮き名を流してきたはずなのだが、何故か最近、日本刀にはまっているそうで、国内の仕事にジョブチエンジを考えているらしい。

　劇団紙吹雪の話をすると、それは自分も是非観てみたいと言いだし、次回近くに来たら案内すると約束させられたわけだが、その流れで仁とのやりとりを白状させられたのだ。

「山田……」

　澄香の名を呼ぶと、待って、あ、待って……と鼻を押さえながら天井を仰いだ。

　丁度、居酒屋でお造りの盛り合わせを食べていたところだったので、わさびが利きすぎたのだろうと思ったが、心底情けなさそうな声で「確かに私は白状しろとは言ったが、そんな虚(むな)しい報告をされるとは夢にも思わなかった」と言うではないか。

「虚しい？　私の人生で一、二を争うぐらい濃い一日だったけどなあ」

　実際、あの夜ホテルに戻っても、仁に再会できた嬉しさと、一度に膨大な情報を処理したせいで脳味噌が疲れ果てなかなか寝付けず、翌日は寝不足ながらも心地よい疲れと筋肉痛を感じ、新幹線に乗って帰ってきたのだ。

「違うそうじゃない。私が言っているのはあんたと仁さんの絶望的なコミュニケーション不全についてなんだけど」

「え、そんなに絶望的か」

　諸岡は今にも泣かんばかりに、まるで太古から変わらぬ姿で海底にひっそり蹲(うずくま)る深海生物を見ているようだと言うのである。

「深海生物？」

「そうだ。三千年ぐらい前からほとんど進化してなくて、多分触角が三ミリ伸びたとかそんな程度の変化しかないヤツな。そいつら隣に番（つがい）になる相手がいても三千年間気付かずにやっと触角が三ミリ伸びるだけだという」

「意味が分からないのはこっちだわ。あんたらの間には共通言語が存在せんのか。いや、言葉通じない同士でも、もうちょっとどうにかなるって。もぉ、ホントどうにかしてくれない？　まさか二年経ってもこんなザマだとは夢にも思わなかったよ。あのさあ、深海生物の三千年は着実な世代交代あってこそなの。あんたは人間なんだからね、このままじゃ世代交代もできずに終わるわよ」

終（しま）いには怒り出した諸岡が言わんとするのはこういうことだった。

「普通、ふつーはね、いつ帰ってくるの？　って訊くんだよ。いや、それ以前にまず理由訊く。なんでこんなことになってんのって訊くんだけどね、まあそこは百歩譲って仕方がない。あんたのことだ。訊けませんでしたってならいいだろう。しかしね、時期は重要でしょうが。あんた、自分がいくつか分かってる？　仁さん帰ってくるのが三十年後とかだったらどーすんのよ」

「はは。まさか」

「いやいや、なんでそこでまさかになんの？　仁さん帰ってきて一夜を過ごし、夜が明けたらあばら屋に白骨が転がってた、とかなってても私のところに化けて出るなよ」

私が白骨と化すならばあんたも死んでいるのでは、というツッコミは諸岡に睨まれて霧散した。

「いやあ、でも。さすがにそのうち帰ってくると思うんだけど」

「甘い。甘いよ山田。今度あんたとその劇団観に行ったら、仁さんが流し目で踊ってても知らないからね」

それは逆に観たい気がすると言ったら、さらに怒られた。

とはいえ、どうせ電話をしたところで肝心なことは訊けないのだ。

諸岡に指摘（してき）されるまでもなく、澄香だって不安はあるのだが、仁を信じて待つほかなかった。

八月一日。夕方五時過ぎ。

澄香はからからと格子の扉を開けて外に出た。容赦なく照りつけていた真夏の太陽もようやく傾き始めたようだ。

通行人が途切れるのを待って手桶の水を店の前に撒く。打ち水だ。

しかし、暑い。こうして立っているだけで、じわじわと汗が流れてくる。

ぱしゃっと水を撒くと、濡れてつやつやと光る石畳からなごりの熱とひなたの匂いが立ち上り、少し遅れて涼しい風が吹く。

澄香は屈めていた腰を伸ばして、格子戸の脇にある腰高のショーケースを見やった。

小さなすだれを背景に、天井から吊り下げられているのはつりしのぶだ。ころんとした苔から伸びるシダの緑が涼しげだった。

午前中は江戸時代のガラスの鉢に水を張り、紫色の葉付き朝顔を挿したのだが、さすがに午後まではもたずしおれてしまい、これに替えた。

六月の下旬に大阪から戻ってもう一月以上になる。

その間、仁からの連絡はなかった。

七月に名古屋に移動するという劇団と行動を共にしたことまでは分かっている。

月単位で移動する一座だ。名古屋の次の公演先がどこなのか、澄香は聞いていなかった。

別に連絡先が分からないわけではないので、仁に電話をして聞けばいいだけのことなのだが、それを聞いても仕方がない気がする。

たとえば東北だとか九州だとか、もっと遠い場所へ行ってしまった可能性もあるのだ。

いや、距離が問題なのではない。

ここへ帰ってくる気が彼にないのなら、どこにいたって同じことだろう。

そもそも、あの劇団の状況を放り出して仁が帰るとは言わないような気がする。

大阪から戻った澄香に話を聞いた桜子は仰天していた。

「仁さんが大衆演劇の劇団に？」

目を見開いた桜子はすぐに少女のようにいたずらっぽい笑顔に変わる。

「なんと。それは見物ですわね」

食いつくような反応をされ澄香は笑ってしまった。せがまれるままに虎太郎や聖也の話をすると、桜子は目を輝かせている。

「素敵ですこと。わたくしも是非観に行きたいわ」

名古屋まで行こうかしらなどと思案顔で言い出した。

「でも、オーナー。仁さんの関係者と分かると容赦なくこき使われますよ。あそこの人たち本当に忙しいですから」

恐ろしく濃密だった半日間を思い出して苦笑する澄香に桜子は嬉しげだ。

「望むところでしてよ。わたくしこう見えて若い頃はお芝居を志（こころざ）したことがありますの」

「えっ。そうなんですか」

意外な話を聞いてしまった。

「それにしてもそのお話じゃ」と桜子は少し首を傾げる。

「仁さん当分帰ってこられないのではないかしら」

「はあ……そうなんですよね」

そうは言うものの、正直なところ大阪に行ったことで澄香の中で何かが吹っ切れたような気がしていた。

とりあえず仁に彼女がいる様子はなかったし、何よりもあそこで時間に追われながら走り回っている仁が妙にいきいきしているように見えたのだ。

いきいきしているだけではない。

あまり認めたくはないのだが、正直に言うとあんなに楽しそうな仁の顔をこれまで澄香は見たことがなかった。

それはまあ、無理もないことなのかも知れない。

考えてみれば、おりおり堂にいる間、仁は常に何かを背負っている状態だった。

由利子のこと、料亭・こんののこと。

様々な呪縛(じゅばく)が彼をがんじがらめに捕らえていたのだ。

澄香が知るのはその長い苦しみの内のほんの僅かな時間に過ぎないが、一年の間、彼がどこか息苦しそうだったのを知っている。

もちろん、注文に応じて依頼人のお宅に出向き料理を作る出張料亭の仕事を仁が嫌々やっていたとは思わない。

事実、それによって救われたというような趣旨のことを言っていたのを聞いたことがあった。

だが、本当にそれが、彼が心からやりたかったことなのかと問われると少々疑問が残るのだ。

大阪で、仁は澄香に向かって必ず帰ると言ったが、それは必ずしも以前のような時間が戻ってくることを意味するわけではない。

劇団紙吹雪と別れて一旦はここへ戻ったとしても、まったく別の道を歩み始める可能性だってあるのだ。

そう考えると、ぐじぐじ言いながら仁の帰りを待っている自分が馬鹿馬鹿しく思えてきた。そもそも山田澄香、超絶モテないゾンビ女ではあるが、悲劇のヒロインぶった役には向いていなかった。

向いていないというか、そもそもそんな大層な役をこなせるほどの女ではない。

というわけで、仁が帰ってくるならラッキーぐらいに考えることにした。

一週間留守にしたので「骨董・おりおり堂」の事務仕事が溜まっているし、桜子から教わることも山積みなのだ。

「さて」

打ち水をして店先から戻った澄香は店内を見回した。手前の低い陳列台に置かれているのは夏らしいガラスや銀器に加え、瑠璃(るり)、紺、ブルー、コバルト、エメラルドグリーンなど海や空、水をイメージさせる色合いの涼しげな食器と小裂(こぎれ)や帯の飾りである。

夏らしい陳列だ。

ここに並ぶ食器や帯などは骨董と呼んでも差し支えない古いものもあれば、ごく最近作られたものもあった。

作られた時代も地域も用途もバラバラなのに不思議に統一感があるのは、すべて桜子のお眼鏡にかなったものばかりだからだろう。

店内にはエアコンが利いているが、奥の住居部分の窓を開けているので、僅かではあるが自然の風が吹き抜けていくのが分かる。

古民家に近いこの建物は屋根の張り出しが大きく、夏場でもどこかひんやりした空気が通るのだ。

店内に流れているのは桜子が選んだアナログレコード。大抵はクラシックかジャズなのだが、今日はボサノヴァがかかっている。

浮き立つようでありながら、どこか気怠(けだる)い女声ボーカルが夏の夕暮れにぴったりだった。

「ん？」

人の気配に振り返る。

格子戸の向こうに人影(ひとかげ)が差すのが見えた。

仁がいなくなったので歳時記の部屋にあるカフェコーナーは本当にカフェだけの営業になってしまっている。

メニューはというと、アイスとホットのコーヒーに煎茶とお茶菓子のセットだけだ。

但し、手前味噌だがこれはとてもおいしい。

桜子の特訓で、まだまだ精進の余地はありながら澄香もおいしいコーヒーを淹れることができるようになったし、煎茶もしかり。

茶葉の特性によって変える湯の温度や蒸らし時間など、一通りマスターしていた。

骨董や美しく可愛いうつわを見がてら、こんな時間辺りからふらりと立ち寄りお茶を飲んでいく仕事帰りの女性客が増えた。

彼女たちは桜子や澄香と軽く言葉を交わすこともあれば、持って来た文庫本に目を落としている人もいたりと、思い思いにくつろいでいるのだ。

仁がいた頃は料理をしに出張に出かけることも多かったし、カフェを捌いている時でも仁目当ての女性客というのが一定数いたので、あまりゆっくりできなかった。

ゆっくりできないというのは澄香の気持ち的なもので、その当時はその当時で活気があったし、仁もいて楽しかったのは間違いないのだが、今のこの落ち着いた雰囲気というのも澄香は気に入っている。

そんなお客様の一人だろうと思った澄香は見るともなしに格子戸を見ていた。

「いらっしゃいませー」と飛び出して出迎えるような店ではないものの、最初に澄香がここを訪れた時のことを考えると決して入りやすいとは言えないので、躊躇する人がいればさりげなく迎え入れるように気を配っている。

ほんの少しのためらいがあったように思う。扉がからからと開いた。

その人物は中をぐるりと見回すと、澄香を認め、少し笑った。

仁だった。

暑さのあまり幻覚を見ているのかと思った。

「ただいま戻りました」

絶句している澄香の鼓膜に猛毒のようなイケメンボイスが注ぎ込まれ、ぎゃっと飛び上がる。

「う、あはぁ？」

口から出てきたのは意味不明な音声だった。挙動不審もいいところである。

「あらあら、仁さんなの？ まあまあ、よく帰ってらしたこと」

嬉しそうな桜子の声に我に返った。

恐らくこれ、奥にいた桜子が仁（と硬直している澄香）に気付いて店先まで出てくるまでには数十秒、いや一分あるいは数分かかっているはずだ。その空白の時間、仁は黙って澄香を見ていたし、澄香は挙動不審だった。

当たり前といえば当たり前だが、桜子は嬉しそうではあるものの冷静だ。

「何年ぶりかしら。本当に長い間でしたね。お帰りなさい」

「ご心配おかけしました」

照れたように微笑み桜子に向かって頭を下げる仁の声に、目の前の光景が夢や幻でないことを知る。

「お、お帰りなさい……」

「ただいま。長い間、悪かったな山田」

向き合う仁の声が頭の上から優しく降りてくる。

澄香は俯(うつむ)き、ふるふると身を震わせながらイケメンの圧力に耐えていた。

嬉しいと思う気持ちもちゃんとあるのだが、あまりにも突然すぎるイケメンの帰還に脳内処理が追いつかないのだ。

六月に一度会っているはずなのだが、これは澄香の免疫とはならなかったようだ。

大阪の芝居小屋で会った仁はずっと忙しく立ち働いていた。ついでにいうと、全体に空間が狭かったので、ちゃんと向かい合うということがなかったのだ。

ほとんどが働く仁の横顔や後ろ姿を盗み見ていただけだし、何なら壁を見ながら会話をしていた気もする。

ある意味、澄香は本人を前にしながら記憶の中にある仁の残像と喋っていたようなものだ。つまり、大阪の半日はほぼノーカウント。正味一年半ぶりに真正面から仁を見た。

しかも何だこれは近すぎる。

至近距離で見る仁はとんでもない破壊力があった。

仁は大阪で見た時と同じく髪を無造作にハーフアップにしている。

服はシンプルな白Tシャツにデニム。

まったくといっていいほど飾り気がない。

だが、そのTシャツは危険すぎた。適度な筋肉の所在が服の上からでも分かるのだ。

胸筋に腹筋。隠されしシックスパックの気配がある。

さらに半袖であるから腕が露出していた。

いけない、これはいけない。

適度に日焼けした肌に筋肉、そして現在の外気温はまだ三十度を超えている。

汗が浮かんでいる。腕にも首筋にもだ。

ついでに言うがイケメンの汗は心地好い匂いがする。さらに仁は僅かだがコロンか何かをつけていた。

これがまた、くどくなくさわやかで、しかしどこか官能的という罪深いものであった。

発汗に伴い発動するイケメン香水、殺傷レベルの破壊力である。

よもやイケメンを見たショックで職場で昏倒(こんとう)するわけにもいかないので、足を踏ん張った澄香はそこでうっかり見てしまったのだ。

仁のかんばせ。ちなみに、かんばせとは顔のことである。先日、桜子に教わったので使ってみた。

やはり澄香の直感は正しかった。

仁の瞳は以前に比べていきいきと輝き、曇りの取れた表情は晴れ晴れとして見える。

それに、少しばかりワイルドさが加わった印象だ。平たくいうと、めちゃくちゃかっこよくなっていた。

元々偏差値78ぐらいだったのが、さらに大ブレイクして一気に天元突破したみたいなものである。

もうとてもではないが、澄香ごときでは直視できない。今度こそ本当に心臓が止まりそうだ。澄香はぜいぜいと肩で息をしていた。

もはや屍。思えば二年半前。ここへ初めて来た時、澄香はゾンビだった。当時はそもそも婚活に疲れたことの比喩（ひゆ）であったはずなのだが、仁と出会ったことで、別の意味でゾンビ度が増した。

屍肉（しにく）に群がるゾンビのごとく、いい匂いのするイケメンの後ろを強い思慕（しぼ）の念を抱きながらついて歩いていたわけだ。

ある意味、ゾンビというより怨霊（おんりょう）に近い存在なのかも知れない。

しかしこのイケメン、たいそう親切な男だった。モテない女から見れば、これほどのイケメンで、性格までもがいいなんてことはあり得ない話だと思っていた。

乙女（おとめ）ゲームや少女漫画ならばまだしも、現実世界にそんな人間が存在するはずはないと思い込んでいたのだ。

確かに仁の見た目はイケメンではあるが、決して取っつきやすい方ではない。

冷たそう、とまではいかないものの、基本、ぶっきらぼうで愛想のない男なのだ。

身体も大きいうえ、顔立ちが整っているため威圧感がある。

だが、それはあくまでも表面上だ。

甘い言葉や分かりやすい優しさを前面に出すことはなくとも、実際の仁はとても優しい。

言うなればあれだ。

ベタなことを承知で言おう。

いわば彼、雨の中で子犬や子猫を拾う昭和の不良みたいな人なのだ。

念のために説明しておこう。

その昔、昭和の時代に流行った少女漫画では、不良に見えても実は心優しく雨に打たれる子犬や子猫を拾うという男子がいたのだ。

澄香の母はそういうタイプの男子が大好きで、真逆のタイプの父と結婚した現在でも雨、不良、子猫のシチュエーションを好んでいた。

残念ながら仁が拾ったのは子猫ではなくゾンビだったわけだが、とりあえず当時、何だかんだあって澄香は調子に乗っていた。

それはもう、分不相応にも何やら打ち解けて仁と喋っていたような気がする。

だが、今となってはかつての自分が一体どうやってこのイケメンと喋っていたのか、きれいさっぱり思い出せなかった。

打ち解けるとか。何それ正気か、と自分で思うほどである。一年半に近いブランクを経て、澄香はすっかり不気味なゾンビに戻ってしまっていた。

いやあ、これ、これからどうすんだ自分。などと考え天を仰ぎたくなったが、とりあえずせめて笑顔。表面上だけでも取り繕わなければ、と考えた次の瞬間、澄香は、ん？　と思った。

仁の後ろに誰かいる。

ぴょこんと顔を出した人物に澄香は思わず「うわあ」と叫んでしまった。

「ども」

頭を下げたのは淡い金髪、不思議な目の色をした美しい少年だ。

「え？　は？」

「久しぶりっすね、お姉さん」

親しげに笑いかけられ、澄香は混乱した。

例の記憶喪失美少年である。

国籍不明、年齢不明、素性不明。

しかも、単なる記憶喪失では片付けられない怪しさ満載の役満状態。

この少年も確かにイケメンではあるが、年が若すぎて、というかぱっと見た感じでは女の子にも見える可愛さゆえ、おそらく澄香のストライクゾーンから外れているのだろう。仁と対峙した時のように心臓がメーターを振り切って爆走してどこかへ行ってしまいそうな動揺はない。

冷静に観察する余裕があって良かった。

何かおかしいと澄香は感じる。目の前の人物がどうも澄香の記憶と違うのだ。

根本的にどこかがぶれているというのか、食い違うものがあった。

果たして彼はこんな喋り方で、こんな風に笑う人物だっただろうか？

必死で記憶をたぐるが、出てくるのは仁に拳銃を突きつけていた時の高圧的で冷たい口調とまなざし、そして劇団員たちの前で見せた自称記憶喪失少年の頼りなく可憐な（おそらくは）演技だけだった。

しかし、今、目の前にいる彼はそのどちらとも違う。にこにこと屈託なく笑う様はそこらにいる若者と何ら変わらず、喋り方に至っては聖也やマナブの口調をそのまま引き継いでいるかのようだ。

「あら、どちら様？」

桜子の言葉に少年はぴょこんと頭を下げて言った。

「こんにちは。雨宮虎之介です」

「まあ、こんにちは。虎之介さん？　仁さんのお友達なのかしら」

元気よく「はいっ！」と答える様はまるで飼い主に褒められた子犬のようだ。

桜子に大阪で仁と会った時の話をした際、彼のことは喋っていない。

帰って来てみると、この平和な日本でいきなり銃を取り出し他人に突きつけるなど、あまりにも現実感に乏しく、当日の目が回るような慌ただしさも加わって見た幻か、いっそ何かの勘違いだったのではないかと思うようになっていた。

あの後、仁と連絡を取っていなかったので当然、その後彼がどうなったのか知らない。恐らく記憶が戻ったとか、親か誰かが迎えに来たとか、あるいは警察に捕まったとか、とりあえずの決着が付いたのだろうと勝手に考えていた節があるのだ。

よもやこんな成仏し損なった亡霊よろしく仁にくっついて現れるなんて考えてもみなかった。

虎之介というのは劇団紙吹雪の座長、虎太郎の名前から一字もらった仮の名前だそうだ。苗字はみんなで適当に考えたと聞かされ脱力する。

首を捻っていると、仁が言った。

「オーナー。暫く彼をうちで預かろうと思うのですが構いませんか？」

「は？」

澄香はぽかんと口を開けている。

恐らく大変な阿呆面を晒しているであろうと自覚はあったが、まさか仁がそんなことを言い出すとは思ってもみず本当に驚いた。

預かる？　あの拳銃で人を脅すという暴力団もびっくりの過激派美少年をこの店で預かる？

あまりの衝撃に理解が追いつかない。

桜子はと見ると、少し首を傾げ、並び立つ仁と虎之介を見比べていた。

「わたくしは構いませんけど……。仁さん、今、この店の責任者は澄香さんですの。澄香さんにきちんと説明したうえで許可をいただくのが筋ですよ」

「そうでしたか」

仁は桜子にありがとうございますと頭を下げると、澄香に向き直った。

「急に戻って来て勝手なことを言って申し訳ない。差し支えなければ出張料亭の再開と、雨宮の見習いとしての採用について許諾をいただけないだろうか」

再開。「出張料亭・おりおり堂」の再開。いきなりの急展開についていけない。

「え、えーと。仁さんさえそれで良ければもちろんです」

なんとなく突き放したような言い方になってしまったような気がして慌てて付け足す。

「私は……いえ、常連のお客様たちみんな、その日が来るのを、仁さんの帰りを待ちわびていたんです。嬉しいです」

ふと気が付くと、虎之介がきらきらと期待に満ちた目でこちらを見ていた。

不良が拾ってきた子犬が、自分もここへ住んでいいかと曇りのない目でお母さんを見上げているようなシチュエーションである。

「あーと、あの、君。記憶は戻ったんですか？」

澄香の質問に、虎之介は一瞬にしてしゅんとなった。ものすごーく悲しげな顔になって力なく首を振る。

「分からないんです……。ごめんなさい」

涙（なみだ）ぐんでいる！　まるで自分の言葉で泣かせたようで、澄香は内心ひいいとなった。

「あらあら、どうなさったの？」

心配そうな桜子の問いに、虎之介はしおらしく鼻水を啜りながら大阪で聞いたのと同じ内容を話した。気が付くと戎橋にいて、その前のことは何も覚えていないというアレだ。

「それは心細かったでしょうね」

桜子の優しい言葉に虎之介は首を振った。

「ううん。仁さんや劇団の人たちが親切にしてくれたから大丈夫でした」

大阪にいた時よりもしおらしさに磨きがかかっているようだ。桜子は完全に同情して、うんうんと頷いている。

これは自分が聞くべきことを聞かなければならない。使命感に突き動かされるようにして澄香は言った。

「じゃあ、あれからずっと劇団のお手伝いをしていたんですか？　名古屋にも？」

「はい。一ヶ月ずっと仁さんの助手をしてたんです。そしたら俺も料理をやってみたいなって思ってきて。だから仁さん帰るっていうから俺もついて来たんです。どこにも行くとこないし。自分が誰なのかも分からないし」

寂しげに俯き、彼は続けた。

「だから、もしここに置いてもらえるなら、俺、このまま料理の道に進めないかなって思って。やっぱ迷惑っすよね？」

そう言って、ちらっとこちらを見るのである。その表情がまた何ともいじらしい。

もし、最初の邂逅（かいこう）があれでなかったとしたら、おそらくは簡単に絆されて、君の記憶が戻るまでいつまでもここにいなさいなどと言っていたことだろう。

だが、例の経緯を知る以上、全面的に信じるわけにはいかない。

面倒くさいの来ちゃったなーというのが澄香の偽らざる気持ちだった。

「迷惑ではないんだけど、ってか、君、本当に何も思い出さないの？」

そんなわけがあるまいと思って言うのだが、悲しげな彼の表情の前にはこちらの分が悪すぎる。

　何も知らない桜子は気の毒がって、澄香が許諾を出すのを待っている。

　いやもちろん、桜子が澄香に対して無理強いするような言葉を口にするわけもないのだが、こんなかわいそうな境遇の子が健気(けなげ)に頑張ると言っているのだ。そもそも人間として断るはずがないと思っているのだろうなとは想像できた。

「とりあえず、この店の二階に俺とこいつ、住まわせてもらっていいだろうか」

　仁が訊く。桜子はもちろんよと言わんばかりの笑顔で頷いた。

「あー」

　困った。まさかこんなことになるとは思わなかった。

　現在、店の責任者は確かに澄香である。

　そこには桜子の心遣いがあった。

　言うまでもないことであるが、「骨董・おりおり堂」は由緒正しい店である。気品があって凛(りん)として、それでいて気取らずフレンドリー。要は桜子の人柄そのままなのだ。

　そんな店の責任者にと言われ、澄香は心底狼狽(ろうばい)した。

　はっきり言って、仁の助手から横滑りしてきただけの人間だ。

　その任に足るだけの器も素養もない。

桜子はゆくゆくは澄香にこの店を任せるつもりでいるようで、色んなことを教えてくれている。

桜子からすれば、仁に放り出されたいい年の女が路頭に迷うのを見ていられなかったということかも知れない。

あるいは、諸岡いわくの進化の遅い深海生物である仁との関係が宙(ちゅう)ぶらりんになることで、完全に婚期を逃し、人生に行き詰まる事態を憂慮(ゆうりょ)し、もっといえば、義理の孫の尻ぬぐいをする形で澄香を雇(やと)ってくれているのではないかとも考えた。

そんな経緯で、何の疑問もなく桜子の後継者に収まれるほど澄香は厚かましくない。

とはいえ、学ぶことはまったく苦にならなかった。骨董のこと、うつわのこと、美を見極めること。お茶やお花、季節や料理のこと。礼儀や作法。

それらは出張料亭で仁と一緒に働いていた時にも折に触れ教わってきたが、もっと深い部分、たとえば精神性であるとか心構え、つまりは単なる知識に留まらないことまでも桜子は惜しみなく与えてくれている。

それだけではない。仕入れや値付けといった店舗運営の基本から経理処理、税理士とのやりとりに人付き合いの仕方まで。

完全な後継者としての教育のありように澄香は怖くなった。

何度も自分には無理だと訴えてきた。

だが、桜子はそこに関しては聞く耳を持つ気はないようだった。

「無理ということはないですよ。後はあなたのお気持ち次第よ、澄香さん」

そう言うのだ。

「あなたがお嫌ならわたくしも無理強いする気はありません。どうかそこは分かってちょうだい」

嫌なはずなどない。ただ、自分には過ぎた話だと思うのだ。

ぽつりぽつりとそんなことを話した。

そうしたら、桜子が言ったのだ。

「分かりましたわ、澄香さん。明日からあなた、この店の責任者になって下さるわね？」

会心の笑みである。

いやいや、なんでそうなる？　と思った。

「いえ、それは無理ですオーナー。私なんかに務まるわけが」

「あらいやだ。わたくしが見込みましたのよ。わたくしも長く生きていますの。見る目は確かなつもりよ」

よもや自分の選択にケチをつけるつもりではあるまいなという無言の圧を感じた。

「一つだけ言っておくわね澄香さん」

珍しく硬い表情に思わず背筋が伸びた。

「よろしくて？　私なんかとか、無理だとか言って逃げるのは悪手よ。過ぎた謙遜は見苦しいものです。嫌ならきちんとそう伝えること。自信がないのならばそれを補う努力をすればいいのよ」

桜子の口からここまで厳しいことを言われたのは初めてだ。

恥じ入る澄香の手を桜子はぽんと叩いた。

顔を上げると、満面の笑みを浮かべた彼女がいる。

「その上でいかが？　改めてあなたのお気持ちを聞かせて下さいな」

「やります。やらせて下さいっ！」

号泣しながら訴えた記憶がある。

というわけで翌日より責任者に就任した澄香を桜子はさりげなくサポートしてくれていた。こちらから相談しない限り、彼女は口を出さず澄香の判断に任せてくれる。

それでいて、澄香が仕事を進めやすいように心を配ってくれるのだ。

大きな存在に見守られているような安心感があればこそ、澄香はどうにかやれていた。

とはいえ、あくまでもこの店のオーナーは桜子であり、澄香は雇用(こよう)されている立場だ。

まして、現在は住んでいないとはいえ店の奥の住居部分は完全に桜子のものだった。

その桜子がいいと言っているものを、澄香が反対することはできない。

そもそも、この少年、当事者というか、誤解され銃口を向けられた被害者である仁が連れてきたのだ。

仁がいいと言うなら大丈夫なはずだ。多分。

「もちろんです。仁さんがおっしゃるなら」

「ありがとう」

仁の低い声に喜びが滲んでいる。

えっ？　と内心呟く。彼はこんなに分かりやすく感情を顕にする人だっただろうかと思ったのだ。

一年半のブランクは確かに仁の何かを変えたようだ。

由利子やこんのに対する罪悪感、責任という彼が背負っていたもの。

重圧と束縛から解放されたせいもあるだろうが、やはりあの劇団との日々が大きかったのではないかと澄香は考えていた。

以前の仁は容易には他人を寄せ付けなかったし、こんな風に素性の知れない少年を連れ帰り、見習いとして雇うなんてことを簡単には口にしなかったはずだ。

「虎之介、お前からも礼を言え」

仁に押さえつけられるようにして頭を下げる虎之介は、うすと言った。

「ありがとぉございます。いっしょうけんめい働くのでよろしくお願いします」

大きな声で言う様を見ていると、本当にどこにでもいそうな、ちょっとやんちゃな少年である。

というわけで、一抹の不安を残しつつも謎の少年は「出張料亭・おりおり堂」の見習いとしてここに住み込むことになったのだ。


その夜、久しぶりに仁を囲み、歳時記の部屋でまかないを食べることになった。

仁たちは東京に着いたその足でここへ来たそうだ。

仁は自分が作ると申し出たが、さすがに疲れているだろう。桜子と澄香が用意しようと言うと、虎之介が何か思いついたように立ち上がり、後ろから仁の首にかじりつくようにした。

「仁さん、仁さん。やっぱここでアレの出番じゃね？」

仁は何かに思い当たったらしく、「ああ、あれな」と思わせぶりに頷く。

「あれとは？」

別便で荷物を送ったという仁は手ぶらだったが、虎之介はかなり大きめのキャリーケースを持っており、それを床で開いている。

このケースは大きい割にたいした荷物が入っておらず、さっき名古屋土産（みやげ）だと仁がくれたういろうと味噌もこの中から出てきた。

「じゃーん」

そう言って彼が誇らしげに掲げたのは黒い金属製のプレートだった。

丸形にくりぬかれた穴が整然と並んでいる。

「えっ、それってまさかたこ焼きの……？」

「お姉さん、大正解っ。大阪発つ時に仁さんがお客さんからもらったんだよね。劇団にはたこ焼きホットプレートがあるから、持って帰んなって言われて遠慮なくもらってきたって寸法よ」

「は、はあ……。そうなんだ」

この喋り方。聖也やマナブたちと喋っているような気分になる。

たこ焼き器を珍しがる桜子に、大阪では一家に一台あるそうだなどと虎之介は大張り切りで蘊蓄を披露していた。


午後八時。閉店後、歳時記の部屋のカウンターでたこ焼き作りが開始された。

夏の八時はまだ宵の匂いがする。

見上げると、濃紺の空に星が見えた。

外灯を消して店に戻る。

店舗部分の照明スイッチをまとめたパネルを操作して、澄香は照明を絞った。

店の奥の一角が明るい光に照らされている。漆喰の壁で仕切られた小部屋。歳時記の部屋だ。

平たくいえばカフェスペースだが、ここは本来、季節ごとの行事や天候に合わせたディスプレイを展示するための場所だった。

四角い木のテーブルが二つにそれぞれ椅子が四脚ずつ。季節によってはテーブルクロスを掛けるのだが、盛夏の今はそれらを取り去り、木の風合いそのままにランチョンマットを敷いている。

以前は三方が造り付けの棚になっていたのだが、左手の一つを潰して小さいけれど座り心地のいいソファとコーヒーテーブルを一つ置いた。このソファでくつろぐのを楽しみにやって来る常連さんもいるのだ。

仁がこれを見るのは初めてだ。

もちろん桜子の賛同は得ているものの、アイデア自体は澄香が出したものである。不快な顔をされたらどうしようと思ったが、「へえ。いいな」と言って座り心地を確かめてみている顔は愉快そうで、心底くつろいでいる様子だ。

こんな仁の姿というか表情もまた初めて見るような気がして澄香は面食らう。

「えーっ。何だこれは。面白いなあ」

虎之介は興味津々といった様子でディスプレイを見て回っている。

店先の骨董にも同じ反応だったのだが、あらかじめ仁に「ここには高価なものもあるからはしゃぎすぎて壊したりするなよ」と釘を刺されていた。

一方の棚の上には鬼灯とすすきを蔓で編んだ籠に活けたものを中心に、骨董の蚊遣りや水うちわが飾られ、他方にはガラスの浮き玉、色とりどりのビーチグラスや流木などが藍色の帯の上に飾られている。

ここに入った瞬間、足を止めた虎之介の視線を辿ると、彼が見ているのは何故か鬼灯とすすきのようだった。

少し不思議な気がする。

記憶喪失は嘘だとしても、フランス語を喋り出したことや銃を携帯していたこと、そして何よりも彼の容姿を見れば生粋の日本人でないことは明らかだ。

両親のどちらかが日本人であるのか、あるいは何らかの形で日本にゆかりがあるのか。現時点では不明だが、いずれにしても他にもっと目を引きそうなものがあるのにずいぶん渋いところに着目したものだと思ったのだ。

小部屋の奥は一段高いカウンターになっている。背後には食器などを収めた棚。レコードを収納した吊り戸棚にアナログプレーヤーが置かれていた。

「ああ、懐かしいな」

仁は呟くと、澄香の許可を得てカウンターの中に入った。

そこに仁がいるだけで胸が熱くなる。

アナログレコードを見て、テンションの上がった虎之介が桜子相手に音楽談義を始めているのを聞くともなしに聞きながら、おずおずと仁の横に立つ。

「あの、仁さん。許可なんかいりませんから、遠慮なくどこでも入って下さい」

そもそも、ここは仁の牙城だったはずだ。

澄香がここに留まったのは仁が戻るまで、留守を守るつもりでもあったのだ。拙いながらもどうにか言葉を繋ぎ、そのような意味のことを言うと、仁はありがとうと笑った。

う……。まずい。直撃を食らってしまった。

イケメンのはにかんだ笑顔。しかもこっちに向かって笑いかけられるという重量のあるパンチをもろに食らって、再び挙動不審に陥り、うろうろと視線をさ迷わせた澄香は重大なことを思い出した。

「あ。あの、仁さん。私、大変なことをお伝えするのを忘れていました」

まさに今いるこの場所だ。この棚の中央にあったはずのマグカップが今はない。

澄香が割ったのだ。

土下座せんばかりの勢いで謝る澄香に仁は一瞬、意味が分からなかったようだ。

まあ無理はないかも知れない。

挙動不審に陥った澄香の説明はさっぱり要領を得ていなかったからである。

「え、ちょっと待て山田。もう一度、最初から頼む」

「ですから、あの、仁さんがですね、おじいさまから受け継いだ茶色のマグカップをですね、私の不注意で割ってしまいました」

本当に申し訳ありませんと頭を下げる澄香に仁は一瞬、絶句した様子だった。

「いや、山田。頭を上げてくれないか」

困り果てたような声が聞こえた。

「確かにあのカップは気に入ってたけど、これだけ長い時間留守にしてたんだ。仮に誰かに持ち去られたとしても俺には何を言う資格もない」

第一、と仁は続ける。

「うつわっていつかは壊れるもんだ」

「そうよ。仁さん、マグカップは逃げ出してしまいましたわ。澄香さんが待っていて下さったことに感謝なさい」

桜子に言われた仁が頷く。

「そうですね」

「でもね」と彼女はいたずらっ子のように笑った。

「実はね、仁さん。澄香さんは責任を感じて大阪の美冬先生のアトリエにまで行って下さったのよ」

「金継ぎ師のですか？」

　桜子が頷くと、仁はなるほどと呟いた。

「それであの時、山田が大阪に来たんですね」

「そうです。すみません。あの時、謝りに行ったつもりだったんですが、あまりの忙しさに肝心のことを忘れて帰ってしまいまして」

　仁がはははと笑う。

「では、あのカップはもしかして美冬先生が金継ぎを？」

「そうですの。どうかしら。とても楽しみではなくて？」

「ええ。それは素敵ですね。山田、わざわざすまなかった。ありがとう」

　微笑する仁を見て、あわわわと澄香は言葉を失った。

　何だかこの仁、以前に比べて口数も多いし、何より笑顔が眩しすぎて澄香の内にわだかまる邪気がまとめて駆逐されてしまいそうだ。


　カウンターの上にずらりと用意されているのはタコ、小口切りにした万能ねぎ、みじん切りの紅ショウガ、天かすだ。

　さっき仁と虎之介が仲良く買い物に出かけて買って来たものだ。

　加えて、重要なのは生地だそうだ。

　小麦後にだしを溶いたものに玉子や醤油を加える。仁と虎之介が何やら言い合いながら調合していた。

たこ焼き器を熱し、油を引くと、生地を流し込む。そこにタコやねぎ、紅ショウガ、天かすをぱらぱらと入れていくのだ。

何でも大阪の芝居小屋の近くにたこ焼き屋があり、差し入れにもらったたこ焼きをいたく気に入った虎之介は、残っていた公演期間の一週間あまりをその店に日参することに費やし、ついには焼き方をマスターしてきたそうだ。

終いには店番はもちろんたこ焼きを焼く係に任命され、虎之介めあての女性客が来るようになって、もはやその店のバイトだか何だか分からなくなったと聞いて笑ってしまった。

「でも、あの劇団すごく忙しいのによくそんな暇があったね」

「まーね。でもさ、仁が舞台の方やってる時って俺は基本役に立たないし」

なるほどそれはそうかも知れない。

牽制と皮肉を含めて言ったのだが、あまりに邪気のない反応に、何だか白雪姫を虐めるいじわるな継母妃のような気分にさせられてしまった。

そこまで考えて、はたと気付く。

今、この男、仁さんのこと呼び捨てにしなかったか？　時間が経つにつれ、言い換えればここに馴染んでくるに従って、虎之介から敬語が消えていくのだ。

もちろんホラー的な意味ではない。

おそらく仁との間柄はそれだけ親しいものになっているのだろう。

虎之介がしおらしく、一応の礼儀を保っているのは澄香に、というよりは桜子への配慮かと思われた。

あの仁がそこまで懐（ふところ）に入れているのならばさほど危険な人物ということもないのだろう。もう気にするのは止（や）めにしようと澄香は思った。

なるほど、日参しただけあって虎之介のたこ焼き技術は大したものだ。

じゅうと音を立て、派手に蒸気が上がる。エアコンを最強にしているが、虎之介は汗を流しながらレンジに置いたたこ焼き器に向き合っていた。

生地が固まってくると、端の方から先の尖ったピックでつつき、慣れた手つきでひっくり返していくのだ。

くるくるとリズミカルにたこ焼きを回転させ、はみ出た生地を中に押し込むようにすればまん丸いたこ焼きができあがる。それを更に何度も回転させることによって均一に火が通るようにするのだそうだ。

みるみる全体に焼き色がついていく。

「褐色のぉ、宝石ぃ」

虎之介の歌に笑ってしまった。

仕上げに、これは仁がウスターソースや醤油、ケチャップなどを配合して作った特製のソースを刷毛で塗り、青のり、粉のかつおぶしをぱらぱらと散らす。香ばしい匂いにソース、青のり、かつおぶし。魅惑のたこ焼き臭だ。

「この上からマヨネーズかけたりもするんすけどね、俺はあんまり好きじゃない。この方がベーシックつーか、ザ・日本の味って感じして昔懐かしい感じなんすよね」

　にこにこと愛らしい笑みを浮かべて言う虎之介に「はあ、そうなんだね」と頷きはしたものの、ツッコミどころ満載である。

　昔懐かしいとは一体、何歳の人間から使用すべき言葉なのか。さらにはフランス語を喋り銃を持つ手で語るザ・日本とは。

　熱々のたこ焼きは爪楊枝で食べるものだと言われ、あの桜子が爪楊枝に刺したたこ焼きを手にしている。

「ほほほ。たこ焼きをいただくのなんて何十年ぶりかしら」と言っているところを見ると、食べたことがないわけではないようだ。

「熱いですから気をつけて下さい」と仁に言われ、ふーふー冷ますという大変珍しいお姿を拝見してしまった。

　澄香もそれに倣い、少し冷めた頃合いを見計らって口に運んだ。

　予想をはるかに凌駕する熱さに涙目になり、はふはふ言いながら口の中で転がす。

　ソース、青のり、かつおぶしに続いて本丸だ。外はカリッと中はとろーりとした生地にねぎと紅ショウガ、そしてタコから浸みだしたうまみが詰まっているのだ。

「あーおいしい。おいしいです」

桜子と澄香の絶賛に虎之介は「やっりぃ」と言ってガッツポーズを掲げている。

おいしいのもあるがとにかく楽しいのだ。たこ焼きは。

虎之介に教えてもらいながら、澄香や桜子までもがたこ焼きを焼いてみた。

うまくひっくり返せず手こずる澄香に、さすがというかこんなことまで器用にこなしてしまう桜子。

ついで、ちょっと違う感じにしてみようという虎之介の発案で中につぶあんを入れたホットケーキの生地を焼いてみたりもした。

仁の不在中、左門やご隠居、古内医院の先生方を招いて夕食を共にする機会もあったが、桜子と澄香の二人で食べるまかないが圧倒的に多かった。二人の時にこのカウンターを使うことは滅多になく、奥の厨で作って食べるのが日常的になっていたのだ。

もちろんそれはそれで楽しい。

桜子は博識だし、愉快な性格だ。話をしているだけで豊かな気分になれる。彼女の放つ言葉は一つ一つがとても貴重できらきらと輝いているように思えるのだ。

そんな静かな時間もいいが、こうやって賑やかに食事をする、しかもその中心にいるのは仁だ。こんな時間が戻って来たことに心がじんわり温まっていくような気がした。

しかし、澄香にはどうしても避けることができない試練が残っている。

片付けが終わり、桜子がコーヒーを淹れると言うのを聞いて覚悟を決めた。

「あの……仁さん」

おそるおそる美冬から送られてきたマグカップを差し出す。

焦げ茶のぽってりとしたマグカップに銀色の線が何本も走っている。

銀色の蜘蛛（くも）の巣が中央に現れたようで、最初からこんな絵柄があったと言われても違和感のない出来だ。

くるりとマグカップを回すと、欠けた飲み口を縁取った半月状の銀から稲妻（いなづま）が縦横に走っているようにも、細い滝が何条にも流れ落ちているようにも見えた。

「へえ、面白いな。稲妻みたいだ」

仁が嬉しそうにマグカップを照明にかざし呟く。

「さすが美冬先生だな」

「趣深い景色ですこと。怪我（けが）の功名ね。ねえ、仁さん。断然、このうつわの価値が上がったような気がしませんこと？」

「本当ですね」

桜子の言葉に、仁が頷いている。

二人とも喜んでくれているようだ。

本当に美冬先生に頼んで良かったと思いながらも、澄香としてはやはり申し訳ない気持ちを拭えなかった。

「本当にすみませんでした。美冬先生のおかげでこんな素敵な継ぎにはなったのですが、やはり、前のままではないので」

深々と頭を下げる澄香に仁は表情を曇らせた。

「もう謝らないでくれ。うつわはいつか壊れるものだと言った」

「それはそうなんですが……。おじいさまのお使いになっていた頃の姿とは違うものになってしまって」

美しい仕上がりは確かに喜ぶべきことではあるが、記憶に残るうつわの姿とはかけ離れたものになってしまっている。

やはり一度壊してしまったものは二度と元の形には戻らないのだ。

俯く澄香に桜子が言った。

「ねえ、澄香さん。壊れてしまったものを継ぎ合わせることで、このカップに新しい命が吹き込まれたのではないかしら。そう考えてみると素敵ではなくて？」

「新しい命……ですか？」

「ええ、そう。これはわたくしの夫が使っていたものだけど、仁さんが受け継いで使って下さることでどうにか生き長らえていたもの。それが壊れてしまったからこそ、もう一度新しい形で再生する機会を得たのですわ。このカップにとってもこんなに嬉しいことはないはずよ」

「俺も嬉しいですよ。ありがとう山田」

仁にまで言われ、感極まった澄香は言葉が出ない。

「銀を使っていただいたのね。本当に楽しみですこと。これからあなたたちが年齢を重ねていくのと共に時を経て、様々に風合いが変わっていくのでしょう」

ことりと音を立てて、仁がマグカップをカウンターに置いた。

彼が顔を上げる。まっすぐ見られ、澄香はうっとなった。

「山田。もし良かったらその変化を俺と一緒にここで見届けてもらえないだろうか」

「は……？　はあ、ああ、あ、あの私でよければ、そ、それはもちろん」

自分の口が答えを言うのを聞いて、ようやく脳の理解が追いついたようだ。

「え、ええ……ええ？」

慌てる澄香の頭を仁がくしゃりと撫でる。

見上げると、仁が優しく微笑んでいて澄香はつられて笑った。正確には笑ったつもりが泣き笑いのようになってひどいものだろう。

嬉しくて信じがたくて、叫びだしそうな気分だった。

澄香はその時、虎之介が妙に真剣な表情で、金継ぎの施されたマグカップを検分していることに気付かなかった。

そして、澄香はまだ知らない。

よく考えてみれば分かることなのだが、あの状態の劇団紙吹雪がそう簡単に仁を手放すはずもない。というか、仁がいなくなった後の彼らがのっぴきならない事態に追い込まれている可能性があったのだ。

帰宅しようと外に出ると天気が急変していた。ゴロゴロと雷鳴が轟く。夜空を裂いて稲妻が走る。仁のプロポーズ？　に浮かれた澄香の心は悪天候を物ともせず躍っている。あ、マグカップみたいだと思い、うっとりと空を見上げた。

しかし、澄香はまだ知らない。

次なる波乱の雲がすぐそこまで近づいて来ていたのだ。

横浜、陰謀、シャンパーニュ

きちんと区画整理された小ぎれいな住宅街に建つ一軒家。

子供向けの遊具が置かれた小さな公園を挟んだ道路のこちら側に一台の車が停まっている。

ドイツ製の高級外車だ。

車内には男が一人。

身に纏う雰囲気はスタイリッシュながら鋭さを感じさせる。知性と押しの強さが同居した印象ながら、さほど年齢は高くない。

せいぜい二十代後半といったところ。

引き締まった体軀に洒落たワイシャツ。

後部座席には無造作にスーツの上着とネクタイが脱ぎ捨ててある。

これらもまた一目で分かる高級品だった。

運転席に座る男は憮然とした表情で件の住宅を眺めている。

眼鏡をかけた顔は怜悧そうだが、よく見れば非常に整った顔をしているのが分かる。

左手首にはめられたこれまた高級な腕時計に目をやり、チッと舌打ちする。

切れ者らしい男の目がすっと細められた。

例の住宅から人が出てきたのだ。

生憎ここからでは話し声までは聞こえない。

実のところ、この男、盗聴器をしかけることも検討していた。

部下の進言を待つまでもなく、結局断念したのは彼自身の判断だ。

住人たちには何の関係もない。

無関係な人々のプライバシーを暴き立てるのは本意ではなかったからだ。

「何、構いやしない」

車の中で彼は独りごちる。

「俺が動き出した以上、確実に仕留めてやる」

先に出てきたのは長身の男。

そして中肉中背、これといった特徴のない女。

二人は沢山の荷物を抱えている。

後から出てきたのは家人だろう。

先の二人を見送りにきたといった風情で、にこにこと頭を下げている。

何を言っているかは分からないが、両者の表情を見れば、円満かつ礼儀正しい別れの挨拶が交わされていることは想像に難くなかった。

挨拶を終え、歩き出した彼らは何度か振り返り、まだ見送っている家人にその都度頭を下げる。男の方が手を差し伸べ、女に何か言っている。おそらく荷物をよこせと言っているのだろう。

「はっ。くだらない」

吐き捨てるように男は言う。

「まるで、ままごと遊びみたいじゃないか」

家から出てきた長身の男の名は橘仁。

資料によれば、この八月、長い不在から戻り、出張して料理を作る「出張料亭」という業態を再開したらしい。

橘仁と女は近くの駐車場に向かい、車に乗り込む。

ミントグリーンの軽乗用車だ。

橘仁が大きな身体を折り曲げるようにして、おもちゃのような車の運転席に乗り込むのを男は見ていた。

女は荷物と共に後部座席だ。

「ミニカーのようだな、仁。何てみっともないんだお前は」

吐き捨てるように呟き、男は顔を歪（ゆが）めた。

橘孝は愛車を転がし、ミントグリーンの軽乗用車を追尾していた。

ハンドルを握りながらつい舌打ちしてしまう。

「チッ。ちんたら走りやがって。あんなもんを追いかける羽目になるとはな。アウトバーンを走り抜ける俺の愛車が泣くっつーの」

孝にとって三台目の愛車だ。

最高級ドイツ車の安定した走行性、しなやかな乗り心地、時に官能的ですらある包み込むようなレザーシートの感触。

どれをとっても文句の付けようがなかった。

立場を極めた者だけが所有することを許される極上の空間――。

孝はくっと笑い、ナルシスティックな仕草で眼鏡の位置を直す。

橘孝、二十九歳。

世界に冠たる橘グループの次期総帥候補である。

もっとも、候補というのも過ぎた謙遜なのかも知れない。

グループ内部は元より、取引先からライバル各社に至るまで、彼が次期総帥であることを疑う者はいなかったからだ。

ただ一人、橘孝本人を除いては——。

幼い頃から帝王教育を叩き込まれた孝は何事においても秀でていた。

大学在学中に司法試験にも合格した。

一応、弁護士登録はしているものの、孝には裁判官や検察官の道に進むという選択肢はなかった。自分の能力はすべからく橘グループのために発揮されるべきものだからである。

現在、孝はグループ全体を統括（とうかつ）する部署に籍を置き、親会社の法務担当役員、さらに情報セキュリティと危機管理コンサルティング会社の社長を兼任していた。

「素晴らしい。さすがは生まれながらにして、橘グループを背負って立つと運命づけられた方だ」

的確に采配（さいはい）を振るう孝を見て囁きかわす人々。

その度、孝は忸怩（じくじ）たる思いを持て余す。

違う。そうではない。そうではないのだ。

自分は生まれながらにこの運命を背負っていたのではない。

ある時期を境（さかい）に、兄の橘仁からバトンを受け継ぐ羽目になったのだ。

そして、その事実こそが今、孝を駆り立てる原動力になっていた。

孝は運転手を使わない。

父や先代である祖父の代から仕える忠臣たちの中にこの事実を快く思っていない連中がいるのは承知している。

「須藤。孝さんに運転手を付けた方がいいんじゃないのか。あのお立場で自ら運転されるというのはいかがなものか」

孝にこそ直接言ってはこないが、孝の側近である須藤はうんざりするほど聞かされているようだ。

孝がまったく譲る気を持たないのを知る須藤はその度に孝を庇う。

須藤は、ここが唯一、孝が一人になれる空間であることを知っているのだ。

須藤基保は孝の仕事上の部下であり生活全般における執事的な役割も担っている。

確かに心を許した腹心ではあるものの、孝にはそんな須藤にさえ絶対に見せることのできない本音の部分というものがあるのだ。

部下や使用人たちにあまりみっともない姿を見せるわけにもいかないし、やはり鎧というべきか、常によそ行きの顔をしておかねばならない辛さがあった。

その点、この走る密室の中では遠慮なく自己を解放できる。

鎧といえば、スーツもそうかも知れないな、などととりとめもなく考えた。

丁度、先週、冬用の新しいスーツをオーダーしてきたところだ。

一流テーラーの手による最高級フルオーダーのスーツは確かに高価なものだが、それに見合うだけの価値があると孝は思っていた。

生地の上質さも相俟って、まるで第二の皮膚のように身に添い、長時間の着用にも決して型崩れすることはない。

政財界の大立て者と対峙してさえ決して怯むことのない自信と風格を授けてくれるスタイリッシュなまさに鎧――。

「ん……」

ふと思考がぶれた。

あれは何かのパーティーだったか、そんな高級スーツ、青二才が着るようなものではないと、面と向かって言われたことがある。

中年の成金社長といった風体の男だった。

人のことをどうこう言えるだけのことはあり、確かにそれなりの服を着てはいたが、残念ながらその男にはまるで似合っていなかった。

内面から滲み出る品格というものが絶望的に足りず、高価なオーダーメイドの服を着せられた猿回しのサルのように見えるのだ。

滑稽ではあったが、それをあげつらって喧嘩するのも面倒くさい気がして、言い返すこともなく無視して通りすぎた。

丁度、同行していた孝の部下が席を外していたタイミングで、どうやら彼には孝が誰なのか分かっていなかったようだ。

知り合いの誰かに耳打ちされたらしい成金男は、間もなく真っ青になって飛んで来て土下座せんばかりに謝っていたが、孝の部下に止められた。

「ああ、お気になさらず。青二才なのは事実ですから」

去り際にそう言ったのは嘘ではない。

彼らがへいこらしているのは孝自身に対してではなく、孝の立場であり肩書きに対してなのだ。

それぐらいのことは分かっている。

別に俺だって、そんなにできた人間じゃないからな。

一言ぐらい嫌みを言ってやりたいところではあるんだけど、立場上言えないわけだ——。

事実、そのパーティーには取引先はもちろん、政財界のお歴々もずらりと顔を揃えていた。

そんな場所で雑魚を相手につまらない立ち回りをしたって、社名に傷がつくだけだ。

「分かっているな、橘孝。一歩、外に出ればお前は橘の看板を背負っているのだ。ゆめゆめそれを忘れるな」

親父から耳にタコができるほど聞かされてきている。

「さすがサラブレッドですな」

「ああ、ふるまいからして貴公子然としてらっしゃる」

そんな賞賛の囁きがあちこちから聞こえたと、後で部下が誇らしげに報告に来たところを見ると、俺の選択は間違っちゃいなかったんだろうなと孝はぼんやり考えている。

「ああ、どうもダメだな」

良くない方向に思考が傾くのを避けるため、ぶるぶると首を振る。

最近、気を抜くとすぐこれだ。

自分の立ち位置がぶれているというか、何が正解だったのか分からなくなる。

自分が橘グループの次期総帥という立場に思った以上のプレッシャーを感じているのではないかと気付いたのは最近のことだった。

仕事の能力が低いわけではない。むしろ大抵のことにおいて、高い方だと自負している。

貴公子然とふるまうことも苦にならない。

それでも、時にとてつもなく恐ろしくなることがあるのだ。

孝は車間距離に注意しながら前を行くミントグリーンの車にブレーキランプが灯(とも)るのを眺めている。

幼い頃から、孝にはどんなに頑張っても超えられない相手がいた。

兄の仁だ。

勉強もスポーツも何一つ仁に勝てたことがなかった。

孝は自分のことを完璧な人間だと思い込もうとしてきたし、周囲の側近たちもそう言って褒めそやす。

だが、仁の存在を考えると途端にその自信が萎み、敗北感にうちひしがれることになるのだ。

本来この立場にいるべきなのは仁の方なのではないかと思うと、途端に足もとが揺らぎ、いたたまれなくなる。

孝はちらりと腕時計に目をやった。

これもまたスイス製の最上級品だ。

余分な装飾は何もないが、飽きの来ないフォルムにシックなデザイン。

精巧な技術に裏打ちされたタフさと気品をあわせもつ機械は選ばれし者だけが着けることを許される一流の証――。

「そう、俺は一流だ」

少し窓を開け、風を呼び込む。

自分に言い聞かせるように呟いた言葉が盆休みで閑散とした都心の道路に流れて消えた。

「仁、お前は間違ってる」

一人呟く。

「お前はもっと陽の当たる場所に立つべき人間なんだよ」

先行する車は石畳の上をガタガタ揺れながら走り、一軒の店の前で停まった。

「骨董　おりおり堂」と揮毫された看板が掲げられている。

ここへは何度か来たことがあった。

店主の人柄そのままに上品で趣味のいい店だ。

彼女、橘桜子は孝の祖母にあたる人でもあった。義理とはいえ、兄同様、自分もずいぶん可愛がってもらった覚えがある。

だが、孝は兄のように無条件にここへ来て楽しい時間を過ごすというわけにはいかなかった。

彼女、桜子と自分の両親の間に確執があるのが分かっていたからだ。

「おりおり堂か……」

ここは桜子が道楽で始めた店だ。

彼女も高齢であることだし、そろそろ引退を考えているだろう。

実子のいない桜子のことだ。

一代限りで畳むか、誰か適当な人物に譲渡することになるはずだ。

そこは彼女が好きにすればいい。

手続き上必要ならば助力を惜しむつもりはなかった。

「問題は」と孝は独りごちる。

同じ屋号を名乗る「出張料亭」の方だった。

仁が京都で事故を起こしてから、一応定期的に調査はさせていた。

仮にも橘の名を持つ男だ。

格式高い料亭で働いていてこそ、まあ仕方がないかと思うことができたが、そこを出てしまってからはそうはいかない。

これ以上、問題を起こされては家名に傷がつく。監視するのは当然だった。

しかし、四年ほど前だったか、こちらへ帰ってきた仁はとんでもないことを始めた。

「出張料亭って何だそりゃ」

この言葉、須藤相手に百回は言った気がする。

正直信じ難い話だった。

「他人の家に行って料理を作る？　おままごとか」

あまりにも腹が立ったので書類を投げ捨てゴミ箱を蹴飛ばしそうになったが、今のご時世、そんなことをすればパワハラだ何だとうるさいので、バッティングセンターに車を乗り付け日暮れまで素振りをしてしまった程である。

仁が雇っているのは女性が一名。

山田澄香、三十四歳だそうだ。

しかし、と孝は呟く。

彼女も彼女ではないか。女性の三十四歳といえば、かなり微妙な年齢のはずだ。

その辺りの事情に特段詳しいわけではない自分でも分かる。もし彼女が人並みの結婚を望むならば、こんな中途半端な立場にいるのは悪手もいいところだ。

「出張料亭・おりおり堂」の助手。

まあ百パーセントあり得ないが、自分の縁談相手にそんなふざけた肩書きの女性が来たら、全力で断る。

いや、逆にあり得なさすぎて何でそんなのが来たのか興味を持って調査に走るかも知れない。

こんなことをいうと、今の世の中、直ちにセクハラ、いや自分の立場ならパワハラの可能性もあるが、いずれにせよハラスメント認定されてろくなことにならないので口が裂けても言わないが、もし彼女が自分の友人なら絶対に忠告するだろう。

今すぐにこんなところから離れろ。

出会いを探せ。

あるいは結婚に興味がないというのなら、もっとちゃんとした職業に就け。である。

この女、しかもしつこい。

普通ならば出張料亭が解散、仁が京都へ旅立った時点で諦めてよそへ行くだろう。

それが何故かいるのだ。

いまだにいる。

仁が不在ならとばかりに、桜子おばあさまの方に取り入ったらしく、骨董の方の店番をしているのだ。

そして、今月、仁が帰ってきた。

仁が京都へ発ってから二年近い時が流れている。

「出張料亭を再開？　正気かあいつ」

須藤から報告を受けた孝は呆れて言った。

京都で料亭の娘、事故の被害者由利子嬢の許へ日参しているのは知っていた。

愚鈍なやり方だとは思うが、それが仁の誠意ならば別に止めることもない。

時間の無駄というか生産性はまったくないが、こちらの膝元(ひざもと)でわけの分からない出張料亭などをやっているよりは余程マシだと判断し、仁がこちらへ帰ってきたら報告するようにとだけ命じて、放置していた。

いや違うなと孝は考える。

仁自身があの問題に自ら決着を付けない限り、ヤツは次のステップに進めない。そこを超えてもらわない限り、秘密裏に進めている自分の計画に引き込むこともできないという事情があったのだ。

「しかし、このブランクでは客なんか戻らないだろう」

二年近いブランクは客商売としては致命的だ。新規顧客を一から開拓する覚悟でいかねばならないだろう。甘い世界ではないのだ。当面、依頼など一件もないはずだと思ったのだが、須藤は首を傾げた。

「それがそうでもないようですね。以前からの顧客がこぞって予約を入れているとか」

「ご祝儀ってところか。しかし、真価が問われるのはその後だろう。正直なところ二年も現場を離れていた人間にまともな仕事ができるとは思えない」

須藤は頷いた。

「確かに。いくら仁様に才能がおありでも、日々の鍛錬を怠っては実力を維持することは難しいでしょうね」

さすがは剣道歴三十年を超える須藤だ。言葉に重みがあった。

「それで客が離れるか、あるいは誇り高い男だ。自ら限界を感じて身を引くか」

「そうなれば、仁様も後ろ髪引かれることなく橘グループにお戻り下さいますでしょう」

須藤の言葉に何とも言えない気分になった。

自分で企図し、側近である須藤にだけは共有させている話とはいえ、改めて他者の口から聞くと感慨深いものがある。

感傷を振り切るように孝は言った。

「後はこの女だな、山田とかいう。彼女の目をうまく仁から逸らして退職させるように仕向けよう。責任感の強い男だからな、仁は。従業員がいては絡め取られかねない」

「しかし、孝様。彼女は一年半近くもおりおり堂に留まり、仁様の帰りを待ち続けた女性です。そう簡単にいきますでしょうか」

「調べが上がっているが、とても彼女を仁の恋人とは呼べないよ。男女の関係ですらないんだからな」

孝は机に書類を投げ捨てソファに凭れた。

マンション自室のリビングだった。

須藤が用意したワインのグラスを受け取り、超高層階の窓から見える夜景にかざす。

「山田澄香ね。いかにも取り柄のなさそうな女だ。仁に惚れたはいいが、その恋が成就することもなく、かといって諦めきれずに惰性で待っていただけだろう。哀れな地縛霊みたいなものだ」

ひどいですねと須藤は笑っているが、孝は割と本気でこう考えていた。

「他の選択肢があればすぐになびくだろうさ。ちゃんと成仏させてやった方が彼女のためでもあるんじゃないか」

今、「骨董・おりおり堂」の前で車を降りた彼女は嬉しげに荷物を運んでいる。

健気な話だな——。

孝は内心嘯く。

けどな、澄香さん。

どれだけ待ったって、仁はあなたのものにはならない。そろそろ現実を見据えるべきだろう。

そう、おとぎ話の時間はもうおしまいだ。

何、彼女一人ぐらいどうにでもなるだろうと孝は考えていた。何ならうちのグループ企業で引き受けてやってもいいだろう。

そして、仁には——。

駐車場に入れるために遠ざかっていく軽乗用車を目で追う。

ヤツには橘グループに戻ってもらう。

どんな手を使っても、だ。

そうだよ、仁。

あんたに似合うのはそんなミニカーみたいな車じゃなくて最高級のドイツ車だ。

スーツだって、時計だって一流のものが似合うんだよ。

女性だってそうだ。あんたが望みさえすれば、最高の女が手に入る。

望んで手に入らないものなんかないんだ。

いいか仁。

俺は絶対にお前を連れ戻す。

あんたが本来いるべき場所にな――。

呼吸を整え孝はおりおり堂の格子戸に手をかけた。

からからと懐かしい音がして戸が開く。

ふわりと漂う香の匂いに目を細めた瞬間、

「いらっしゃいませえ」と声が聞こえた。

は？ と思った。

この店はいつからこんな安食堂みたいな声を張り上げてお客を出迎えるようになったのか。

考えたのは一瞬。目の前に立つ少年を見て、孝は思わず目を見開いた。

「えっ？ は？ 何？ お前誰だ？」

途端に少年の表情が不審そうなものに変わる。

「はぁあ？ 何だよいきなり。おっさん、口の利き方知らねえのか」

「いやいや、それはこっちのセリフだが」

孝は混乱した。

何だこの少年は。一体誰だ。

いや、落ち着け橘孝。こんな程度で取り乱す俺ではない――。

自らにそう言い聞かせ、気を取り直した孝はこほんと咳払いした。

「いや、失礼。悪かったな。言い方を変えよう。君は誰だ？　何故ここにいる？　そして初対面の相手に向かっておっさんは止めたまえ。私はまだ二十代だ」

たとえこちらが礼節を弁えていても、しつけのなされていない野良犬には意味をなさないものである。

少年は「は？」と目を眇めて言った。

「そんなんどうでもいいんですけど。俺様が誰かって？　雨宮虎之介。『出張料亭・おりおり堂』の見習いだ」

釣られて「はあぁ？」と声を上げてしまった。

おいおいマジか。見習いって何だそれ――。

い、いや落ち着け。橘孝としたことがあまりの衝撃に全体の把握を忘れていたぞと内省し、改めて目の前の少年を見やる。

この髪、目の色。これ、そもそも日本人じゃないんじゃないのかと思ったが、いや日本語を喋っているなと思い直す。

とりあえずの感想は顔がめちゃくちゃ可愛いということだった。

ファッションはいささかやんちゃっぽい。何と表現すれば一番近いのか、若者文化に疎いのでイマイチうまい表現が見つからないが、スケートボードをやっているとかクラブで踊っているとかいうタイプのちゃらい感か。それがいかにももったいなかった。

　貴公子然とした白スーツなどであれば抜群に映えるような気がする。

　身長は自分より十センチは低いが、孝も仁も百八十五を超えているので、普通の感覚でいえばさほど低いわけではないだろう。

　手足も長く、モデルか何かの少年がここでバイトをしているのかと一瞬、思った。

　いや、しかしこれはモデルには向かないかと考え直す。

　CMなどに起用するタレントについての身上調査や、万が一彼らが不祥事を起こした場合に発生する違約金の契約を結ぶ関係上、プロモーション用に作られた彼らの映像を見ることもあったが、目の前の少年は全面的に雰囲気が異なった。

　何というか、浮き世離れしているのだ。

　たとえば、衣類の宣伝にはまず使えそうもない。

　彼を手本にしようとしたところで大抵の日本人青少年に挫折の苦しみを味わわせるだけだろう。食べ物関連でも厳しい。おそらく顔が可愛いすぎて、肝心の食べ物の方に注意がいかないと思われた。

　我ながら何を言っているんだと思わなくもないが、この少年、口の悪さはともかくそこらの女の子よりよっぽど可愛かった。

目がぱっちりと大きく、瞳はヘイゼルというのだろうか、深みのある宝石のように輝いている。

肌の色は抜けるように白く、透明感に溢れているし、唇はふっくらと赤く、みずみずしい。

ふわふわと頬にかかる色素の薄い髪は手触りが良さそうで、つい手を伸ばしたくなる。

正直、化粧の濃い女ばかり見慣れた目には新鮮だった。

と、そこまで考えて孝は頭を抱えた。

何を言ってるんだ俺は——。

うっかり新しい扉を開いてしまいかねない勢いである。

きっと疲れが溜まっているのだろう。

俺は何も感じていない。

この眼鏡が悪いものをすべて弾いてくれるんだ、と懸命に自分に言い聞かせている最中の孝の眼鏡の奥を覗き込むようにして少年が言った。

「あんたさ、いかにもエリートサラリーマンって感じだよな。なんかさーイケメン鼻にかけて生きてますっての？　ないわー。ほら、あるじゃん。エリート鬼畜眼鏡的な？」

意味が分からない。

いや、個々の言葉の意味は分かるのだが、総合した意味が理解できない。

何という不可思議な言語を弄するのか。

考えれば考えるほど恐ろしくなった。

落ち着け橘孝。問題はそこじゃない。

混乱する頭の中でようやく孝は正しい思考を見つけ、全力でそちらにすり寄る。

見習いと言ったか？　何だって？

従業員が増えてるじゃないか。聞いてないぞ、マジかおい。

どうにか態勢を立て直した孝は作り笑いを浮かべた。

「えーと雨宮君？　君は一体どうした経緯でここへ来たのかな？　教えてもらっていいだろうか」

「どうしたもこうしたもねえっつの。行く当てなくて困ってたら仁が拾ってくれたんだよ」

これは驚いた。仁がそんなことをするタイプだとは思わなかったからだ。

いや待てよと思い直す。

あいつ小学生の時、いや中学の時もか。学校帰りに犬や猫拾ってきて怒られていた気がする。

しかしこいつは犬や猫じゃないんだ。人間なんだぞ。人間を拾うって意味分かってんのかあいつ——。

犬猫ですら拾って飼いだした以上は責任が生じる。食事はもちろん、予防接種なども必要だろう。

それが人間ともなれば、なおさら厄介だ。

衣食住に加えて雇用者責任だとか、あるいはこの若者が悪意の持ち主だった場合、窃盗(せっとう)だとか強盗だとか、最悪命を奪われる危険だってあるのだ。

お前っ、何でもの拾ってんだよと内心叫ぶが顔は冷静。それが橘孝という人間だ。

しかし待てよと思った。

そもそもこいつ、もしかして未成年じゃないのかという疑念を抱いたのである。

それはまずい。いかにもまずい。

犬猫ならば親や親戚が出てきて訴えられるという心配はまずないが、人間の未成年者は保護者の同意なしには行動できないことになっている。

たとえ本人の希望に沿う形であっても、責任を問われるのは周囲の大人なのだ。

いやもっと悪いことも想定できるぞ、と孝は思った。

常に最悪の事態に備えておくのは危機管理の鉄則。孝の思考回路はすべてこれでできているといっても過言ではない。

最悪の事態、そう。下手したらこれ、略取誘拐とかになるパターンなのではないだろうかと思ったのである。

橘グループの次期総帥候補（仁のことだ）が未成年誘拐で逮捕なんてシャレにならない。法務担当役員として、危機管理コンサルティング会社の長として、そのようなスキャンダル、断固として許すわけにいかないのだ。

しかし任せろ。穏便かつ内密に事態を処理するのは得意中の得意だ。孝は笑顔を浮かべ鷹揚に頷いた。

「えーと、君はどこから来たのかな？」

必殺、交番勤務警察官スマイルである。

職務質問とはいえ、嵩にかかった態度は逆効果だ。

もちろん孝は職務質問をする立場になったことはないが、自分の部下やクライアントからヒアリングをすることは珍しくない。

社長自ら？　と驚かれることもままあるが、机にふんぞり返っている暇に自分で情報を取りにいく方が手っ取り早い。

経営トップのあり方としてはいかがなものかと苦言を呈されることもあったが、そんなヤツら、片っ端から黙らせるよう業績を上げればいいだけのことである。簡単だ。

そのために孝は休日返上で日夜走り回っているようなものなのだ。

ちなみに職務質問については、小学校の同級生だった石田に教えを乞うた。

石田は現在、警視庁で刑事をしているが、キャリア組ではないので警察学校卒業後、交番勤務の時代があったのだ。

これについては自分の卒業した小学校に感謝している。

お受験競争を勝ち抜いた兄の仁は、人気ナンバーワンの付属小学校に通っていたが、孝は近所の公立に進んだため、同級生に色んな職業のヤツがいて自分の知らない話が聞けるのだ。

実は、孝は幼稚園から兄とは別のエスカレーター式の名門校に通っていたのだが、幼稚園で問題を起こし、やんわりとながらも絶対的な退園勧告を受けてしまった。

激怒した両親によって急遽小学校受験を強制されたが、そのための予備スクールを脱走すること三回、ついに匙を投げた両親は怒り狂っていたが、何とか近所に住む幼なじみたちと同じ小学校に進むことに成功した。

当時、孝の世話係だった女性はこのことで胃を悪くして退職、故郷に帰ってしまった。

思えばその時期まではまだ、橘グループの跡取りは兄の仁と決まっていて、両親の関心はそちらに集中していた。お陰で孝は割と自由な子供時代を過ごすことができたのだ。

で、石田だ。

石田は若手警官の中でも職務質問の技能に優れていて、表彰を受けたこともあるという話だ。

その石田のご託宣によれば、今のご時世、警官も親切にふるまい、しかし観察すべきところはきちんと押さえるべし、というのである。

「忘れた」

にっこり笑って少年に向かい合っていた孝は即答されて、笑顔を凍り付かせた。

「は？　忘れたってどういうことだ？」

ふざけるなと机の一つも叩きたくなるところである。

いやいや、短気は損気である。いつだったか石田にもそう言われた。

「な。孝君。昔の刑事ドラマには落としの山さんってのがいてな。俺はその路線目指してんの」

と熱く夢を語った石田を見習い気長に待たねばならないと思ったのだが、雨宮虎之介は悲しげに目を伏せた。

「そのまんまだよ。気が付いたら、自分の名前以外、何も覚えてなかったの」

「は？」

予想以上にまずい事態だ。

まずいというか面倒くさすぎる。しかし、だからといって放置しておくのもまずいだろう。あの、勝手きままな仁のことだ。きっと適切なケアもなさずに、こっそり飼っていた犬猫同様、餌（えさ）だけ与えておけばいいとか何とか考えかねない。推定（すいてい）未成年に加えて記憶喪失。どう考えたって詰んでいる。

孝はぐるぐると思いを巡らせた。

記憶喪失？　マジもんの記憶喪失なのか。

しかし、映画やドラマならばいざ知らず、人間そう簡単に記憶を失ったりするものだろうか。

そうだ。そもそも彼の言うことが信用できるのか？　たとえば、家出少年が詮索されたくなくて嘘をついてる可能性もあるんじゃないかと考えてみる。

記憶喪失外国人？　もしくは家出？

あー余計ダメだなと孝はずれた眼鏡の位置を直し腕組みをした。どっちにしたところで面倒くさい予感しかない。

いやしかし待てよと孝は思った。

最悪の予想をするならば、たとえばの話、国際的人身売買組織から逃げ出してきたとかそっち系の話もアリなんじゃないのか？

まさかな。そこまではいくら何でもないかと思い、いやいや、しかしあり得ることかと考え直す。

もし記憶喪失が本当だというなら薬物とか催眠術とかで記憶を封じられているという可能性も否定できない。

ふむ、と孝は親指と人差し指を唇に当てた。

考えこむ時の癖なのだ。

ちなみにこれ、自分ではまったく気付いておらず、先日無邪気な新人部下に指摘されて愕然としたところである。

須藤に何故指摘しなかったのかと問い質したところ、「孝様のことゆえ、先刻ご承知とばかり思っておりました」と謝られた。

「お前、俺を何だと思ってるんだよ」

わざとそんなポーズ取るとかどこのナルシストだよと詰め寄る孝に、須藤は両手を挙げて笑うばかりだった。

「申し訳ございませんが、孝様にも多少は隙があった方がよろしいかと」

「馬鹿言え。俺の立場で隙なんかあっちゃ困るんだよ」

仕事の上では絶対に孝の前に立たない須藤だが、その実、人生経験の豊富さや器の大きさでまったく歯が立たない相手だった。

キャンキャン吠える小型犬か何かのように軽くあしらわれ、ほぞを噛むのが毎度のことなのだ。

須藤は孝より十歳年上だ。

彼の父が橘家の執事であった関係で、孝が幼い頃、須藤が遊び相手を務めていたこともある。

須藤は学業優秀で、家柄も申し分のない男だ。橘の家における執事の役割は秘書的な側面が大きく、必ずしも世襲である必要はなかったこともあり、彼も一度は橘グループとはまったく無関係の会社に就職するつもりだったようだ。

にもかかわらず、結果的に誰もが羨む一流企業の内定を辞退してまで孝の側近となったのは、丁度そのタイミングで孝が兄の仁に代わって後継者となることが決まったからだ。

それまで放任に近い状態で走り回っていた孝は野生児のようで、よもや自分にそんな大役が回って来るなどとは夢にも思わず、自由を謳歌していたのだ。

急転直下、一夜にして人生が一変した。それまでの草サッカーや秘密基地といった友人たちとの遊びから一転しての帝王教育。

それでもどうにか心を病まずに歩んでこられたのは、ひとえに須藤の支えがあったからなのだ。

そんなわけで、今でも孝は須藤にだけは頭が上がらなかった。

「しかし孝様。仁様を捕らえるのならばそれも必要なことではございませんか？」

「隙がか？」

須藤が頷く。

確かに以前の仁ならいざ知らず、今の仁は隙だらけだ。

「ふんっ。隙だらけの人間を捕まえるには自分も阿呆のふりをしろってことか。須藤、君もずいぶん老獪(ろうかい)なことを言うようになったじゃないか」

須藤は三十七歳。独身。実のところこの男の老獪ぶりは今に始まったことではなかった。何なら孝が小学生の頃から老獪だったと言っても間違っていない気がする。

案の定、須藤はふふっと笑った。

「そうではありませんが。一度自由の水に馴染んだお方を誘うのですから、少しは遊び心をお持ちになった方が効果的なのではないかと」

「自由の水なあ」

確かに仁の自由を奪うのは本意ではない。

孝が仁に期待しているのは社畜のような働きをする戦力としてではなかった。むしろグループの未来のために、仁が持つカリスマ性を利用すべきだと考えているのだ。ならば、仁をがんじがらめにするよりは、本人にやる気を持たせた方がいいだろう。ある程度は、本人のやりたいようにさせておくべきだとは思うが、危機管理の面ではそうはいかない。

現在、孝の計画は須藤しか知らないが、一旦このプロジェクトが明るみに出たら、仁も無自覚のままではいられなくなる。

好むと好まざるとにかかわらず、様々な誘惑、妬(ねた)みや嫉(そね)み、己や会社に害をなそうとする悪意がどろどろと渦巻く中に身を投じることになってしまうのだ。

もし、この件が何らかの理由によって外部に漏れているとしたなら、この少年がその刺客の先鋒、敵対勢力の差し金という可能性も十二分にあるのだ。

結果的にそうでなかったとしても、不穏なものは徹底して遠ざけるに限る。

大事な仁の名前に傷を付けるわけにはいかないのだ。

「ＯＫ、分かった。君の身柄は私が預かろう。心配するな。悪いようにはしない。とりあえず一緒に来てもらおうか。どこで寝泊まりしてるんだ？　とにかく荷物を纏めて……」

そこまで言った孝は、うっ……ひっく……うぐ、えぐと少年が泣いていることに気付いて狼狽した。

「ええっ、は？　ちょ……なんで泣く？」

おろおろしている孝の耳に足音が聞こえた。

「おい、何だお前。何しに来た」

「仁っ！」

仁だ。仁の声だと認識した瞬間、声に喜色が交じってしまったことに気付いて、孝は慌てて取り繕う。

どうしても緩んでしまう表情を引き締めるために過剰に苦々しい顔になっている自覚はあった。

「別におばあさまの店に来るのに一々あんたの許可を取る必要はないだろう」

うむ、と孝は思った。

毎度のことだ。

仁に会えて、仁に自分を見てもらえて本当は嬉しいのに、諸事情の絡みでどうしてもこんな喧嘩腰の態度を取ってしまうのだ。

毎度のことだ。泣いてない。

仁は孝を無視して、雨宮虎之介に訊く。

「虎。お前は何で泣いてるんだ？」

「仁。あのね、こ、この人が俺を連れ出そうとして、俺、怖くって……」

虎之介は可愛らしくしゃくりあげ、途切れ途切れに言うのだ。

「本当か？」

仁の険しい声にめまいがした。

何この冤罪(えんざい)事件。

このガキ、俺を陥れる気満々じゃないかと思った瞬間、条件反射のように孝は尊大(そんだい)な口調で言い放っていた。

「そうじゃない。出張料亭とやらは即刻廃業(はいぎょう)するから、君もここから出た方がいいと言っただけだ」

「何？」

仁の威圧的な声に、うんと思った。そりゃそうだ。誰だってこんな言い方をされりゃ怒るだろうさ。

仁を前にすると、冷静冷徹、交渉ごとを優位に運ばせるに右に出るものはない、ミスタークールと恐れられる鋼（はがね）のごとき冷静さがどこかへ消し飛んでしまうのだ。

「孝、お前何の話をしている？」

仁の言葉に、まずいと思った。

心の内の自らが、おい、バカ。止めろと制止するのを振り切って、次の瞬間、孝の口からは挑発の言葉が飛び出していた。

「フンッ。分からないなら言ってやろう。いいか、仁。俺たちは、橘家は、最初からお前が料理人になるのを認めちゃいなかったんだ。それでも、あんな事件を起こされては仕方がない。明るみに出てはうちの名にも傷が付くからな。だから、お前のことはもう死んだものと諦めて、こんのにくれてやることにしたんだよ」

仁は冷静だった。

「そうか。なら、今更、死んだ人間に何の用がある？」

その冷静さに腹が立つ。

「お前がふらふらしてるからだろ。俺だってな、こんののお嬢さんと結婚して店を継ぐと思えばこそ諦めたんだよ。それが何だ。婚約止めましただ？　己を恥じて、どこか別の土地にでも行くのかと思えば、しれっと戻って来て、当たり前みたいな顔で商売しようって言うんだから呆れるよな。しかもまともな店に就職するか、百歩譲って自分の店を出すならまだしも出張料亭って何なんだ。ふざけてんのか」

長年の間に積もり積もった感情が後から後から湧き出てくる。

じっと黙って聞いていた仁はややあって「ふうん」と言った。

「お前の考えじゃ、店があればいいのか？」

仁は挑発しているわけではない。

まったくの平常心であることが分かる。それが余計に腹立たしかった。

「違うっ。俺はお前の覚悟のなさを言ってるんだ。なあ仁、出張料亭とやらは依頼人の家に行って料理を作るんだってな。さすがは仁だ。実に賢（かしこ）いやり方だよ。実店舗を持たない、看板も借り物。いつだって逃げ出す準備は万端だもんな」

「何が言いたい？」

さすがに仁の声が尖ったものになる。

こんな状況でこれを言っても逆効果になるだけだ。そう分かっていても止められない。

「中途半端な仕事をするぐらいなら、今すぐに橘グループに戻れって言ってるんだ」

「何故？」

眉をひそめる仁の表情が本気で意外そうで、孝はぐっと言葉に詰まった。

その時だ。

「あのう。仁さん、この方は……？」

恐る恐る声をかけて来たのは山田澄香だ。

仁がふっと肩の力を抜くのが分かった。

「ああ、弟だ。うるさくて悪いな。もう帰るそうだ」

思わず舌打ちする。

こうなりゃ戦略を変更するまでだ。

孝は咳払いして言った。

「山田澄香さんですね。兄がいつもお世話になっております。私は橘グループで法務担当役員を務めております橘孝と申します。ああ、あと、グループ会社何社かの代表を兼ねてもいますが。どうぞお見知りおきを」

渾身のエリート顔に、山田澄香は動じる様子もなく「はあ、こんにちは……」と頭を下げた。

はあ、こんにちは、だと？

予想外の反応の薄さに苛立つ。

橘グループの跡取りであるイケメン青年実業家と聞けば、どんな女も目をハートにして群がって来るものだぞ。この女、ちょっと鈍いのではないかと考えてもみたが、この反応すらもお前は仁には勝てないのだと言われているような気がして腹立たしい。

　くっそ、見てろと内心呟き、孝はとびきりの二枚目を顕現させた。

　表情も声も立ち方も指の先に至る隅々まで神経を行き渡らせた真のイケメンオーラを発生させて言うのだ。

「ああ、そうだ。いかがですか、澄香さん。これから私と一緒に二人でドライブでも。すぐそこに車を停めていましてね。ドイツが誇る高級車ですから、あんなおもちゃみたいに小さな車と違って乗り心地は保証しますよ」

　腕時計を相手からもよく見えるようにちらりと目をやる。

「ふむ、この時間からなら横浜なんていかがでしょう？　夜景を見ながらホテルのレストランでお食事でも」

　自分で言うのも何だが、いまだかつてデートの誘いを断られたことなど一度もない。

　その孝の誘いに困惑するならまだしも、あろうことかこの女、ちょっと迷惑そうにさえ見える顔をした。

「えっ？　い、いやぁ……。すみませんが私は仕事がありますから。ドライブでしたら仁さんと行かれたらどうでしょう。積もる話もおありでしょうし」

　孝の肩がぴくりとはねる。

　仁とドライブ！　そんなことができたらどんなにか楽しいだろうと思ったのだ。

「断る」

間髪を容れず仁によって一刀両断のもとに切り捨てられて終了。

兄に向き合う顔は強気を崩さず、ですよねーと内心で肩を落とす孝を雨宮虎之介が小突いた。

「おい、おっさん。何ナンパしてんだよ。お前、俺を連れ出すつもりじゃなかったのかよ」

「あ、そうだったな。忘れてた」

「は？　お前ふざけんな」

「うるさい。二人でどこへでも行って来い」と仁に言われ、山田澄香にまで「どうぞどうぞ」と押し出されるような格好になった。

というわけで、橘孝、今宵何故か超絶口の悪い謎の家出少年とドライブすることになったのだ。


暮れなずむ街、車窓にランドマークタワーが見えてくる。

孝はこの時間の横浜が好きだった。

ついうっかり、助手席に乗せている美女の存在を忘れ、見とれてしまうほどに。

もっとも、ご機嫌を損ねてしまった彼女たちには最高の夜を提供してリカバリーすることは忘れない。

ホテル上層階のレストランで宝石のような夜景を見下ろしながら、食事を楽しみ、彼女たちに相応しいワインを傾けるのだ。

しかし、である。

今夜ばかりは少々、いや大いに勝手が違った。何故こんなことになっているのだろうかと思い、溜息をつく。

「おい。晩飯、焼き肉でいいよな？」

いくらお人形のように可愛らしいとはいえ、素性の知れない自称記憶喪失のガキにフルコースを食わせる趣味はない。

適当に焼き肉を食わせて、山の中にでも捨ててくるかなどと画策していたのだが、少年はチッと舌打ちした。

「は？　おっさん、何言ってんだ。夜景を見ながらホテルのレストランで食事すんじゃなかったのかよ」

「いやいや、何でだよ。そんなの相手が女性だからに決まってんだろ。お前みたいな口の悪いガキを高級レストランに連れて行って何の得がある。横浜までドライブ連れて来てやったんだ。野郎相手としては破格の待遇なんだからありがたく思いなさい。いいじゃないか、焼き肉いっぱい食わしてやるからさ。お前だって高級フレンチをちまちま食うよりその方が嬉しいだろ？」

　車中の雰囲気がすっと変わった。助手席に座る自称雨宮虎之介が、ふっと、ふてぶてしく笑ったのだ。

　思わず眉をひそめ、横目でヤツを見やる。

　豹変（ひょうへん）？　いや、早くも尻尾を出してくれたかと思い、孝はにやりとした。

　だが、孝の予想とはいささか方向違いで、やんちゃなクソガキみたいに囀（さえず）りだしたのだ。

「あのさー橘グループ。女が相手ならホテルのレストランって下心見えすぎじゃね？　早い話があんたさ、兄貴の店の従業員に手を出そうとしてるってことだよね。それって倫理的にどうなんすかねえ？　つーか昼ドラ？　俗物すぎて笑えるんですけど」

「人を橘グループと呼ぶのはやめなさい。大体君、記憶喪失のくせに昼ドラとか。君の方がよほど俗物じゃないか」

　お前と呼んでいたのが、君になったのは、相手のやんちゃな若者ぶりのせいだ。

　友人の刑事、石田が言うに、取り調べの際は相手によって自分の立ち位置を変えるのが効果的なのだそうだ。

　たとえば強気に出てくる相手と一口にいっても、それが虚勢を張ってのことなのか、元々そういう人間なのかによってもこちらの出方は変わる。

　より高圧的な態度が奏功することもあれば、下手（したて）に出ることで相手が溜飲（りゅういん）を下げてその後の取り調べが円滑に進むこともあるのだ。

精神的に参っている相手には聖母のような心持ちで接することが効果的なこともあり（いささか気持ち悪かったが、石田は真顔だった）、それが行き過ぎると精神的な依存状態を引き起こして後々困ることもある。

そうかと思えば一見同じタイプと見えても、完全なビジネスライクに徹した方が相手にとって居心地が良く、結果、取り調べがうまくいくようなケースもあるそうだ。

「すごいな石田。それ、全部使い分けるのお前？」

感心する孝に石田はうむうむと頷いた。

「俺たちゃ役者なのさ。取調室が俺らの舞台だ」そうである。

酒の席で聞きかじっただけだが、その技術を応用しない手はない。

今、少年の態度が変化したので孝も距離の取り方を変えたのだ。

もっといえば、突き放したともいえる。

そうだ。お前みたいに得体の知れない若造とは違う。こっちはエリート中のエリートなんだ、舐めんなと言っているわけである。

ところがどっこい。雨宮虎之介は孝の態度の変化にも動じることはなかった。

それどころか蠱惑(こわく)的にくすくす笑うのだ。

正直に言おう。

橘孝、二十九歳。つい最近まで蠱惑的とはどういうことか本当の意味を知らずにいた。

蠱惑的とは人を惹き付け惑わす、的な意味である。だが、これまで孝が出会った女性を蠱惑的だと感じたことは一度もない。

それが一体何故なのか考えてみたのだが、要するに女性の方が上手(うわて)なのだろうという結論に至った。

彼女たちはどういうわけか孝の好みを知悉(ちしつ)しており、その好みに合わせた姿で現れる。ある種の妖怪のようだった。

本来、孝はグループにおいて、危機管理を担当するべき人間ではない。

そのことについて、現総帥である父は「当面好きにさせておけ」というスタンスだが、折に触れて須藤が注進してくるのだ。

もっと経営の一線に出ろというのである。

その必要があるのは孝としても十分自覚していた。

それが分かりながらも何故この仕事をしているのかというと、答えは簡単、単純に好きだからだ。

いや、それでは言い方が悪いかも知れない。

いくら会社が大きくなっても、いや、大きくなればなるほど危機管理の必要性が高まる。

実は孝には大学を卒業後、外資系の会社で働いていた時期があるのだが、そこで徹底的に叩き込まれたのは、情報社会の今、危機管理を疎かにしていてはいつ何時、いかなる脅威に晒されるやも知れないということだった。

橘グループほどの規模になれば、それだけでたちまち屋台骨が揺らぐ事態にまでは至らないかも知れないが、一旦失った信頼を回復するには膨大な時間を要する。

進化の速い現代にそんなことをしていては、会社としての永続性が危うくなってしまうのだ。そう考えた孝は自らこの分野の専門家となった。

というのは建前、ある意味元々の性格がこうだった。疑心暗鬼とまではいかずとも、用心深いというか、何重にも備えをするのが好きなのだ。

孝は忙しさのあまりこれといった趣味を持たぬ男だ。

楽しみといえば車と、これ。

起こり得る危険を予測して備える。あるいは、その危機を事前に回避すべく様々な策を講じることが孝にとっての娯楽の一つだったのだ。

そんな経緯を知ってか知らずか、孝の前に現れるのは、何故か孝の危機管理センサーが反応しない女ばかりだった。

自分ではよく分からなかったが、無意識のうちに危うい女を避ける気持ちが孝の中にあるのだろう。

橘グループ次期総帥の妻の座を狙うような賢い女たちはみな、判で押したように絶世の美女でありながら性格も立ち居ふるまいも万事控えめ、あるいは可憐な中にもしっかりとした芯の強さを感じさせたりする。

　要するに、蠱惑的な魅力をぶら下げて孝の前に現れても、危険なものを排除する体質ゆえに端から弾かれてしまうため、そうしたタイプが寄ってこなかったのである。

というわけで、蠱惑的な魅力のなんたるかを知ったのはごく最近だ。

しかもそれは生身の人間に対してではなかった。

とある仏像の表情を見てそう思ったのだ。

　いくら無神論者とはいえ、さすがにこれはどうなんだと思わないでもなかったが、まあ、蠱惑的とはそれぐらい難易度の高い存在なのだと理解することにした。

　それを今、いきなりこの謎の記憶喪失少年に披露されて正直、驚いた。

　まったく予期しなかった方向から流れ弾を受け泡を食っている状態である。

「ね、あんたも気付いたはずだよね。澄香ちゃんってあからさまなぐらいに仁さんラブじゃん。そこに割り込もうってんだ？　あ、分かったー。孝さんってさ、人の持ち物が欲しくなるタイプなんじゃね？　特に仁兄ちゃんの持ち物が羨ましくてしょうがないとか。あーなるほどブラコンってヤツか。分かっちゃったあ。孝さん、それってさ、仁兄ちゃんが好きすぎてこじらせちゃってるパターンだよ」

　悪魔かと思った。

修道僧が一番恐れるヤツだ。

そう。悪魔の正体というのは実のところ、自らの心中に潜むものなのだ。そいつは悪魔の姿で誘惑してきたり、こうやって隠しておきたい秘密の日記を白日の下にさらそうとするのである。

「し、失礼な。全然違うわ」

とは言ったものの正直、この少年が恐ろしくなってきた。

記憶喪失とか言ってたけど、なんかもっとヤバい気がする。

悪魔でなければ宇宙人かも知れない。

外に放り出したいが、まさかそういうわけにもいかない。

橘グループの次期総帥候補がこんなところで子供を引きずり下ろしたなどと明るみに出てはとてもまずい。

今の世の中、どこで誰の目が光っているかも知れないし、付近の車のドライブレコーダー映像にばっちり録画された非道の瞬間が動画投稿サイトにアップされかねない。

そこまで考えて、孝ははっと我に返った。寝ぼけた話もいいところだ、まったく。何を言ってるんだ俺は。

運転中に時折、思考が絡まってトリップすることがあるのだ。しかも、それは大抵の場合、仁のことを考えている時だから始末に悪い。

孝はチッと舌打ちした。

大体、自分が冷静さを欠くのは仁絡みなのだ。激しく自分の心を掻き乱す憎き存在、橘仁。早くあいつを手に入れないと、俺自身が妄執に囚われてどこにもいけない亡霊のようだ。

そうだ落ち着け、俺は橘グループ次期総帥候補、橘孝だぞ。そう自分に言い聞かせる。

孝はコホンと咳払いした。

泣く子も黙る会議における議長モードだ。

風邪を引いた時の咳や何かとは違う。威厳を乗せた値千金の咳なのだ。

「いいかい君。誤解しているようだから言っておくが、俺は別に山田さんをどうこうなんて思っちゃいない。兄がいつも世話になってるようだから、彼女をねぎらおうと思っただけで他意はないんだよ」

しかし虎之介も負けてはいなかった。

「へえぇーそうなんです？　俺にはそうは見えませんでしたよ？　あっ、そうだ。じゃあ、こうしませんか。あんたが山田さんをエスコートしようとしてたそのルート、そのまま俺に適用してみて下さいよ」

挑発的でいながら可愛らしいという不思議な声かつ、真面目な委員長といった口調で言うのである。

「は？　デートコースだぞ。何が悲しくて野郎とデートなんか……」

「あっ、デートって言った！　ウケるぅ。デートって言ったよ、この人。早くも語るに落ちた的な？」

突然ギャル風になった虎之介に孝は慌てた。

「わ、分かった。分かったからお前ちょっと黙っとけ。な？　ＯＫ、ＯＫ。そこまで言うならいいだろう。それじゃ最高級ホテルのレストランでディナーをごちそうしようじゃないか。ただし、俺に恥をかかせるような真似はするなよ。いいな？」

「やっりぃー！」

というわけで、顔だけは超絶可愛いものの、得体が知れず目的も知れない謎の家出少年を連れて、最高級ホテルのレストランで食事をする羽目になったのだ。


「ではそれで頼むよ」

「かしこまりました、橘様」

フランス語の並ぶメニューを閉じて返すと顔なじみのウエイターが深々と頭を下げる。

彼が立ち去るのをにこにこ顔で見送っていた虎之介が好奇心に瞳を輝かせて言った。

「へえ。個室かぁ。やるじゃん橘グループ」

「当然だ」

とはいえ本来であれば、自分にとっての本命か、よほど気の張る相手でもなければここまではしない。

個室にしたのは、こいつがとんでもなく不作法だった場合を考えてのことだった。

顔が並外れて可愛いのは認めるが、服装はちゃらい若者そのままだ。

そんな家出少年を帯同しているだけで、あらぬ疑いをかけられそうだし、こいつがまったくマナーを知らないとかではシャレにならない。

社用でもプライベートでもよく利用するレストランでいらぬ恥をかきたくないと思ったのだ。

「で？」

「でって何だよ」

嬉しげに小首を傾げる少年に、どこかしてやられた感のある孝は憮然としている。

「いやいや、おっさんマジかよ。夜景の見えるレストランじゃん。シャンパーニュのグラス手にして、『君の瞳に乾杯』ぐらい言わね？　デートなのにさ」

「ふざけんなガキ。あのな、確かにこれはデートコースではあるけど、俺はお前とデートしてるつもりはないからな。はい、乾杯、乾杯。お疲れさんでーす」

美しいクリスタルのフルートグラスを持ち上げると、虎之介はぷっと頰を膨らませた。

「えー。お前、絶対にモテない。本当に仁の弟かよ。信じらんねえ、つまんね。かんぱーい」

「大きなお世話ですぅ」

言いながら、孝は違和感を拭いきれずにいた。

確かに今、彼はシャンパーニュと言った。実はこの店にくる時、飲み物に関しては毎度ワインがどうのというのが面倒なため、よほど相手がワイン通であるとか、特別な場合を除いては、なじみのソムリエに「その日の気候と料理に合わせて一番相応しいものをグラスで」と任せきりにしている。

先ほどソムリエは銘柄こそ口に出したものの、シャンパーニュという言葉は使わなかった。当然のことだからだ。

稀(まれ)に誤解している人がいるが、一般にシャンパンと呼ばれているものが必ずしもシャンパンであるとは限らなかった。

シャンパンを名乗ることができるのはフランスのシャンパーニュ地方で、定められた製法に従って造られたもののみなのだ。

つまり、シャンパンと呼んではいるものの単なるスパークリングワインに過ぎないケースも多々あるわけだ。

今、虎之介は銘柄を聞いて、それがシャンパーニュであると言い当てたわけだが、一体そんなことがあるのだろうか。首を傾げざるを得なかった。

いや、そんなバカな。偶然だ。どこかで聞きかじっただけだろうと考える。

それよりも当面もっとゆゆしき問題が、現在進行形で目の前に繰り広げられていることに気付いて孝は慌てた。

「あ。ちょっと待て。お前、本当に酒飲んでいい年なんだろうな？」

「うん。俺ハタチ！」

明るくも軽いノリで言われ、余計に心配になる。

表面上は冷静さを保ちながらも、内心孝は頭を抱えていた。

どうすんだ。俺は法務担当役員だぞ？

未成年者に飲酒を強要？

いや違う。どこからどう見てもまったく強要はしていない。

事実、「お前、オレンジジュースにでもしろよ」と孝は言ったのだ。

その結果、「は？　フレンチにオレンジジュース？　子供でもあるまいし、それは料理に対する冒瀆（ぼうとく）ってモンだと思いますけどねぇ」というふてぶてしい答えが返ってきた。

「じゃあ水にしろ」

孝がそう言うと、ヤツは蠱惑的とか、いっそ悪魔的にも思える笑みを浮かべた。

ここにもってきて再びの蠱惑である。

さっきは声と雰囲気だけだったが、今回は真正面から見てしまった。

うわぁと、孝は思わず天井を仰ぐ。

声だけではなかった。少年の表情が例の仏像に似ていたのだ。

正直かなりヤバいのではないかと思い、こめかみに汗が滲んだ。

暑い季節ではあるものの、ここは適温を保つよう空調を管理しているはずだ。

となるとこれは冷や汗か。怖い。

「お兄さん、お兄さん。あのねえ、フレンチってのはお酒を飲むことが前提にできてんの。

それを水飲めとは何なのさ。とても一流料理人の弟君の発言とは思えませんね」

仁を引き合いに出されると孝は弱い。

たとえそれを口にしたのが誰であれ、仁のことを一流と呼ぶのを聞けば、それだけで誇らしい気分になって心が躍る。

「分かったよ。ま、いいだろう」

ということになったわけだが、それ以前に引っかかることがあった。

「ん。あれ？　お前、記憶喪失なのに自分の年齢は覚えてんのか」

孝の言葉に虎之介は、あ……と言いながら明後日の方向を向いた。

わざとらしくも個室の壁際（かべぎわ）に置かれたキャビネットを眺めている。

「あーうん。大阪で世話になった一座のばあさまがさ、なんや酒の味が分かるんか、それやったらアンタはハタチや、がははって言ってたからさ、そうなんじゃない？」

虎之介の心許ない発言に孝は頭を抱えた。

どこからつっこめばいいのやら。

いや、もういいや、そういうことにしておこうと思った。

こいつは二十歳だ。誰が何と言おうとこいつは二十歳なのである。

どうせ記憶喪失で素性も分からないのだ。

二十歳だと言ったら二十歳で通るだろう。

「あー。ええと。大阪の一座って？　お前、大阪にいたのか？」

そうだよと頷く虎之介の発言に孝は目を剝いた。

仁と知り合ったのがそこだと言うのである。

これには驚いた。初耳だ。まさしく青天の霹靂（へきれき）である。

何やってんだよ、仁のヤツ。京都にいたんじゃなかったのかよと怒りさえ覚えた。

孝の動揺ぶりをすかさず見て取ったのか、虎之介がテーブル越しに身を乗り出してきた。

「あ、聞きたい？　この話」

「言ってみろ」

顎をしゃくると、うってかわってしおらしい表情を浮かべた虎之介が言った。

「俺さあ、記憶ないじゃん。お腹空いて倒れそうになって歩いてたら、武士がいたんだよ。武士、分かる？」

「いや、武士は分かるけど、お前の話は分かりかねる」

「なんだよ。使えねえな。ま、いいけど、とりあえずそこは芝居小屋ってヤツ？ んで、いい匂いがして寄っていったら、仁がごはんを作ってたわけ。で、俺はそこで芝居を手伝ったり、仁の手伝いしたりしてた」

　あまりのことに理解が追いつかない。

「その話、本当なのか？」

「嘘ついてどうすんだよ。あ、写真あるぜ。これさ、俺らが東京に帰る時、最後にみんなで撮ったヤツなんだよな」

　虎之介はスマホを持っていないとのことで渡されたのはプリントされた写真だった。

　孝はその写真を持ったまま、言葉を失っている。

　写っているのは大衆演劇とでも呼ぶのだろうか。濃い化粧に時代劇みたいな格好をした人々とファンらしきそこら辺のおばさんみたいのが数人。

　中央で何とも言えない苦笑いみたいな顔をしているのは紛れもなく仁だった。そしてその隣には確かに虎之介がいる。

　孝は憤（いきどお）りを覚えていた。

　監視の手が緩かったことは認めるが、まさか仁がそんなわけの分からないことをしていたとは。出張料亭も大概馬鹿げていると思っていたが、これはそんなものをはるかに凌駕していた。

「あ。これうまっ……」

いつの間にか運ばれてきていた前菜を虎之介がご機嫌で食べている。

目の前が白くなった感のある孝は正面にいる虎之介の姿を見て更なる衝撃を受けた。

テーブルマナーの心得がないどころではない。

虎之介のマナーは完璧かつ上品、エレガントと言ってもいい程だった。

元々、通常時から姿勢は悪くないのだが、ぴんと伸びた背中に落ち着いた視線。カトラリーの使い方も完璧だ。

仁といた時間がそこそこ長かったらしいので、仁が教えたのかとも思ったが、こんな身のこなしは一朝一夕に身につくものではない。

一体、こいつは何者なんだという疑問が膨らむばかりだった。

「橘様、またのお越しをお待ちしております」

支配人に送られて店を出る。

孝は鷹揚に頷いた。

「ああ、ありがとう。さ、行きましょうか、雨宮の坊ちゃん」

虎之介がご機嫌で「ぼっちゃんぼっちゃん、ぼーぼー」とわけの分からない歌を口ずさんでいる。

この得体の知れない少年、いや自称二十歳なので青年と呼ぶべきか、を坊ちゃん呼ばわりしているのには当然わけがあった。

名店なので下手な詮索はしないだろうが、自分が嫌なので、あらぬ誤解を受けることのないよう、あらかじめ今日は田舎から東京・横浜見物に出て来た知人のご子息を接待すると言ってあった。

偽坊ちゃんはご機嫌だ。

「あーおいしかったあ。ごちそうさまでした」

「満足いただけて何よりです。じゃ、解散ってことで」

孝の言葉に虎之介は心底心外だという顔をした。

「は？　何だそれ。デートなんだろ、こんだけ？　雰囲気のいいバーとか行かなくていいのかよ」

「だーかーらー、何故？　俺が？　君と？　雰囲気のいいバーに行かなきゃなんないんだよ。子供は早く帰れ」

孝の言葉に虎之介はあざとくもいとけない顔をした。哀れを誘うのである。

「俺、お金持ってないよ？　どうやって帰んのさ。おじさん、子供を夜に一人で放り出すの？」

「何が子供だ。お前が成人してるって言ったんだろ」

えへへと笑うガキにマジで頭痛を覚えた。もちろん、孝とて分かってはいるのだ。こんな得体の知れないガキを野放しにするべきではない。ましてやこの少年、もとい青年は他でもない仁の身辺をうろついているのだ。一刻も早く排除すべきだろう。

頭ではそう理解しているのだが、正直、面倒くさいの半分、怖いのが半分だ。

一刻も早く静かなバーで一人ウイスキーでも飲みながら、戦略を練り直したかった。

「車で来たから車で帰るもんだと思ってたんだけどなー」

可愛らしく小首を傾げて言うが、言っていることはそれなりに厚かましいのがすごい。

「アルコールが出てきた時点で気付けよな。俺の車は今夜は営業終了。しょうがない。電車代あげるから電車で帰りなさい。明日もおりおり堂で仕事なんだろ？」

食事中に彼がおりおり堂で何の仕事をしているのか、少し聞いた。

仁がこちらに戻って来てから二週間だ。

少しずつかつての顧客たちからの予約が入り始めてはいるが、毎日ではない。

空き時間といっても出かける先もないので仁と一緒に「骨董・おりおり堂」の手伝いをするか、奥の厨で料理を教わっていると聞いて、孝は歯嚙みした。

正直羨ましい。

聞けば聞くほど羨ましいやら、仁に対する苛立ちが募るやらで耳を塞ぎたい気分ではあったが、この青年がおりおり堂に雇用？　されている以上、内部事情を把握しておく必要もあり、ついでに外からの調査だけでは分からない労働環境や就業規則について探りを入れるチャンスであることも確かだった。

虎之介のこともそうだが、山田澄香との雇用契約がどうなっているのかが事前に分かっていればこちらの戦略も立てやすい。

理性の部分ではそう思うのだが、聞けば聞くほど腹が立った。

おりおり堂の内部は想像以上に楽しそうだったからだ。

それだけではない。信じ難いことに、このぽっと出の記憶喪失青年は仁と大阪で十日強、更に名古屋で一ヶ月、そしてこちらへ戻って来てからの二週間ばかり、仁と寝食を共にしているというではないか。

仁と寝食を共にする——。

そんな羨ましいこと、実の兄弟である自分だって、もう何年もしていない。

いや、違う。怒りなのか嫉妬なのか、出所の分からぬ感情が胸中一杯に拡がっていくのを持て余しながら考える。

何年どころの騒ぎではなかった。

最後に仁と一緒にごはんを食べて一つ屋根の下に眠った日はもう十数年以上も前の話なのだ。

頭の中で長い年月を数えた孝は絶望のあまり軽くめまいを覚えた。

さらに気にくわないことに、この怪しい青年、表情といい、声の調子といい、いちいち楽しそうなのだ。

まったく邪気のない様子で仁と料理を作っただの、仁と一緒に出張先のお宅に出かけて助手を務めただのと、いちいち孝の神経を逆撫でするようなことばかり言う。

お陰で折角の食事がまずくなった、ということはなかった。どんなに悩んでいても孝は食事は欠かさないし、そもそも食事がまずく感じることはないので仕方がない。

「おっさんはどうすんだ？　野宿でもすんの？」

虎之介に訊かれ、アホかと思った。

デキるビジネスパーソンのたしなみとして、こういう日にはちゃんと上に部屋を取ってある。

もちろん今夜は美女同伴ではなかったが、バーでの出会いがないとは言い切れないので、シングルを押さえるなんて愚は犯さないのだ。

さらに言えば急に泊まりになってもいいように着替えはいつも車に積んであった。

「ばーか。そんなわけないだろ」

虎之介は不服そうな顔をしている。

「あのさ、それって俺が澄香さんでも同じこと言うわけ？　うわあ、引くわー。自分が強引に誘っといて、電車で帰れってか？　男としてなってないってか、ちょっと人間としてどうなんだってレベルだよな」

「バカ言え。相手が女性なら話は違うわ」

「えーどう違うわけ？　教えてぇ、おじさん。ほどよくワインも回ってるしぃ。正直、車で帰るのもしんどいんですけどぉ？」

　まとわりついてくる虎之介が鬱陶しい。

「簡単なことだ。女性なら朝になってから送る」

　端的な孝の回答に、虎之介はえっと言った。

「なんだそれってお泊まりってこと？　橘パイセン、男女差別いくない。大体さぁ、今夜はデートコースを再現するはずだったよな？　最後までやれよ。諦めんな。走り抜け」

　というわけで、虎之介がはしゃいでいる。

「おっ、高っかいなー。すげえすげえ。なあなあ、あれってスカイツリー？　あははは。すっげー。あー楽しい。俺さあ、観覧車（かんらんしゃ）乗るの初めてなんだよ」

うん。正直どうでもいい。

「そうか。良かったな」

お愛想で答える孝は今、観覧車の中にいた。どうもいかんなと孝は唸った。何が悲しくて野郎二人で観覧車に乗らねばならぬのか。

一体どういうわけなのか、話がすべてヤツの思惑通りに動いている気がする。

何故このような事態になっているのか。説明しよう。口の悪さと中身はともかく、見た目はきゅるるんとしたこんなのを連れてよもやホテルのバーに行く勇気はないので、などめすかして散歩に出たのだ。

虎之介は赤レンガ倉庫を見て、いたく感激していた。

「これがっ。これが、あの赤レンガ倉庫なのかぁ」

「はあ？　ああ、そうだけど……」

虎之介は天を仰いで感に堪えないといった様子だ。

何でそんなにここが嬉しいのだろうかと思ったら意外なことを言い出した。

「タカとユージが走ってたとこだよな。わーこれが本物か。って、なんかえらく人が多くね？　こんなじゃ銃撃戦とかできねえじゃん」

「ああ、昔は本物の倉庫だったらしいから。今は……」

そこまで言って、虎之介の顔を見直してしまった。

「ちょっと待て。お前が言ってるのって、もしかして『あぶない刑事』の話か？」

「そ。俺、昔からの大ファンなんだよね」

「ほう……」

孝はコホンと咳をした。

立ち止まって相手の顔を覗き込んだのは些細な表情の変化も見逃さないためだ。

「雨宮虎之介君。君、つじつまが合ってないぞ。まず、第一に年齢が合わない。俺でも映画一回見たのと、人に勧められて昔のテレビ放送を配信で何本か見ただけだ。おかしいよな。なんでその年で君が大ファンになるはずがある？　それとも、君は刑事ドラママニアか何かなのか」

「あーそれ。それはさ、ばあちゃんが大ファンでＤＶＤを……」

孝は思わずにやりとした。

「自称、雨宮虎之介君。語るに落ちたのは君の方だ。君、記憶喪失のはずだぜ」

「うん？　ああ、そうか。わーすげえ、記憶戻ったわ。あっ、でも他のことは思い出さないなあ」

おいおい、それでごまかしているつもりかと呆れた。

「あ！　カフェあんじゃん。カフェ。すっげー。ああ、こんな風なお店になってんのか。へえ、おっしゃれ」

いくら何でも怪しすぎである。

というわけで夜の横浜を歩く。尋問方法を考えながらなので横浜定番のデートコースになってしまった。

不本意ながらもカップルに交じってそぞろ歩き、コスモワールドに出たところで、何を思ったのか、虎之介が腕を絡めてきたではないか。

「お、おいっ。何すんだよ」

焦る孝に虎之介は甘えたような仕草で肩の辺りに顔をこすりつけている。

「いいじゃんこれぐらい。今夜は孝さんとデートなんだから」

「ば、馬鹿。お前、声が大きい」

とはいうものの、これがわざと誰かに見せつけ聞かせる目的のものであることに孝は気付いていた。

孝は職業、というか立場上、他人の視線に敏感だ。

実は少し前から強い視線が付きまとっているのを感じていた。

単なる好奇の視線ではなさそうだった。

まるで孝かあるいは虎之介か、いずれにしてもその正体を見極めようとするかのようでしつこい。

自分に害をなす種類のものならばもっとはっきり拒絶するのだが、その手のものでもなさそうだ。

どうしたものかと思っていると、どうやら隣の虎之介も同様のことを考えていたようだ。

その視線の主が一歩踏み出し、こちらに近づいてきた瞬間、彼は明らかに表情を変えた。

コスモワールドの内と外を隔てるフェンスの前、丁度外灯の影になる辺りに現れた人物がためらいがちに近づいてくる。

小太りで背の高い初老の外国人だった。

意を決したように歩みを早め、近づいてきた彼は反射的に身構える孝の前、正確にいうと、虎之介の前に跪(ひざまず)いた。

何かしきりに訴えているが、どうやらフランス語のようだ。

英語とスペイン語は教師を付けて学んだので日常会話に不自由はないが、フランス語は守備範囲外で男が何を言っているのかさっぱり分からない。

唯一、聞き取れたのはルプラン？　同じ単語が何度か出てきた。

虎之介は表情を変えず、というか、不思議そうな顔で彼を見ていた。

「あの……ボク、日本語しか分からないんですけど。この方、何とおっしゃってるんですか？」

こてんと無邪気に首を傾げて言うのだ。

俺に訊かれても分かりませんが、と言うわけで、英語で虎之介の言い分と人違いではないかという旨を説明してみた。こちらの言わんとするところは伝わったようだが、男はまったく納得できない様子で更に何か言っている。英語は喋れないのか喋る気がないのか、相変わらずのフランス語なので内容は分からない。

ただ声の調子や表情から見るに、クレームや問い合わせなどではなくてどうやら懇願とでもいった印象だ。

まあ、跪いているのだからクレームであるはずもないのだが、じゃあプロポーズとかそちらの系統かというとこれも当たらないような気がする。

虎之介に対する男の態度は恭しいとでもいうのがぴったりで、馴れ合いなどどこにもなかったのだ。

「じゃあ、すみませんがそういうことで」

話を切り上げ、男に立つよう促す。

別れを告げて二、三歩歩き出したところで虎之介がわざとらしく腕を組んで来た。

背後ではまださっきの外国人が所在なげに佇んでいる。やるせないとも言うべき視線をこちらに向けているのだ。

そのタイミングで虎之介のこの行動だ。

何らかの理由で彼に見せつける意図があったと見て間違いないだろう。

虎之介の真意がどこにあるのか、後ろの男と何の関係があるのか、孝には分からなかったが、とりあえず現在のこの体勢があらぬ誤解を生んでいるのは明白だった。

世の中は本日、お盆休みなのである。

当然、人通りも多い中だ。

腕を組んで歩く孝と虎之介は思いがけず行き交う人々の耳目を集めていた。

しかし、と孝は空いた方の手で汗を拭いながら考える。

ひそひそと囁き交わされる噂話。恐らく本人たちは相手に聞こえないつもりで喋っているのだろうが、案外、聞こえてくるものである。

「わー見て見て。イケメン同士のカップルだね」

カップルの女性の方の囁きに、男の方が頷いた。

「あーでも、なんかアレ、援交っぽくね？　ゲイの人でもそーゆーのあんの？」

ま、待ってくれ。援交って何だ。いやそもそも、そーゆーのがあるとかないとか以前の問題として俺はゲイではないのだが――。

内心絶叫している孝の耳に、通行人多数による様々な声が聞こえてきた。

ひいっと息を呑み女が叫ぶ。

「美青年鬼畜眼鏡リーマンとハーフ美少年ＤＫのカプ⁉　と、尊い。尊すぎて無理ですぅ」

かと思えば「ねーあの人たち何か揉めてない？　もしかしてＤＶ？　あの可愛い男の子、大丈夫かな？」などという声も聞こえる。

いやちょっと、ホント勘弁してくれと孝は思った。

誰がゲイだ。誰がＤＶだ。ってかやっぱり鬼畜眼鏡なのかと妙なところで納得もした。

どっちかというと好意的な反応が多いのが驚きだが、とにかく周囲の視線がめちゃくちゃ痛い。

虎之介は自称二十歳だが、正直なところ見た目は微妙だ。未成年と言われても頷ける。真相は不明だが、スーツ着用の自分と並び立つ彼の姿がショーウインドウに映っているのを見て、正直ヤバいと思った。

なるほど援交と言われるのも無理はない。

「あ、虎。観覧車、観覧車乗ろうぜ。デートの定番だろ？」

「やったー。俺、高いところ大好き」

丁度、観覧車の待ち列が途切れたところだ。喜んでいる虎之介を押し込むようにして、職務質問される前に観覧車に逃げ込むことに成功したのだ。

人目を避けて逃げ込んだ観覧車の中で孝は虎之介に対する尋問を行っていた。
たとえ他のゴンドラがカップルばかりであろうと、よそはよそ、うちはうちである。
「なあ、お前、本当は何者なんだ？」
「は？」

案の定、とぼけるつもりのようだ。

「おかし過ぎるだろう。何一つまともじゃない」

「えー。そうかなあ？」

「狙いは何だ？　金か情報か。さっきの男は何だ？　知り合いなのか」

虎之介はまったく答える気がないようで、のらりくらりと躱す。

「富士山は？　富士山はどっちかな？」

「方向はあっちだけど、夜は見えないだろ」

ゆらゆらと登っていくゴンドラの窓に貼り付いて夜景を眺め、歓声を上げる姿は本当に無邪気な少年のようにしか見えず、軽い酔いも手伝って、気を抜くと意識がぼんやりと弛緩してしまう。

はっと我に返って、再び腹の探り合いのような会話を再開。虎の尻尾を摑んだと思えば、つるりと手から抜けてしまう。

窓の外の景色が変わるのと同じように不安定で危うく、それでいてどこか脱力した密室の時間が間もなく終わる。

これといった収穫のないままに地上が近づいてきているのだ。

さて、この後どうするか、などと考え始めたその時、ガシャンとガラスの割れる甲高い音がして、ヒュンと高速の何かが頰をかすめて抜けたのを感じた。

「伏せろっ」

　虎之介が叫ぶ。

「言われなくても」

　我が身に起こったことを理解する前に身体が反応していた。

　理解が追いつくと同時に愕然とする。

　地上近くに達した観覧車のゴンドラに銃弾が撃ち込まれたのだ。

「ちっ。派手に仕掛けてきやがった」

　自分と同じタイミングで虎之介が同じことを呟いたのに驚く。

　それは虎之介も同様だったようだ。

「何だ？　あんたのお客なのか？」

「いや……。心当たりがあるといえばあるが。ってか、じゃあ あれ、君のか？」

「分かんねえ。ま、どっちだっていいや。狙われてることにかわりはねえし」

　ある意味とんでもなく男前な虎之介の言葉に驚いた。

　結論からいえば、この時はどうにかその場から逃げ出すことに成功したのだ。

　犯人がそれ以上の攻撃を加えてこなかったからだ。

　正直なところ、命を狙われるのは初めてではない。別に強引な取引をしているとか、闇の勢力と関係があってトラブルに巻き込まれているといったことではない。

そんなこと法務担当役員、橘孝が許しはしない。

現総帥である父や、孝が命を狙われる場合、その原因は大抵、取引を打ち切られたとか、会社を解雇(かいこ)されたとか、逆恨(さかうら)みに近いものが多かった。

それにしても、とあまりの事態に頭の芯が冷える。

以前、命を狙われた時はカッターナイフだったのだ。殺傷能力のレベルが違いすぎて正直びびったが、向かいの虎之介は、と見ると、まったく動じていない様子だ。

一体こいつは何者なんだという疑問で再び頭が一杯になった。

幸いだったのは、犯人に無関係の人間を巻き込んでまで攻撃するつもりはなかったことだろう。

そもそも、さっきの銃撃だって、正直なところ単純に下手だから外したという感じではなかった。

それなら、もっと闇雲に撃ち込んでくるはずで、むしろ威嚇(いかく)目的と考えた方がしっくりくるのだ。

襲撃者はまだその辺りにいるはずだし、銃弾が発見されて警察を呼ばれては厄介だ。

観覧車の割れたガラスに関しては、虎之介が鳥がぶつかった、怖かった驚いたと半べそをかきながら係員に訴え、どうにかごまかすことに成功した。

「おい虎、今のうちに逃げるぞ」

虎之介に耳打ちする。

何とか穏便にこの場から逃れることだけを考えていた孝に対し、しかし虎之介はどこまでも男前な態度を崩さなかった。

「ただ逃げるだけじゃ面白くないじゃん。せめてどっちのお客なのか確かめるべきだと思わねえ？」

なんてガキだ。こいつこの事態が分かっているのかと思ったが、確かにどちらが狙いか分からないまま放置しておくのはまずい。

狙われているのが自分ならいくらでも対策を立てられるが、虎之介が犯人の狙いであった場合、仁に被害が及ぶ可能性がある。

確かに、引き下がるべき局面ではなかった。

結果、無茶をした自覚はある。

自分一人なら絶対にあんなことはしなかっただろうが、虎之介に押される形で勢いに任せて行動した結果、とんでもないことになった。

ガラスが割れた騒ぎに乗じて観覧車を離れ敵をおびき寄せるため、虎之介に指示を出し人気（ひとけ）のないアンダーパスに向かった。

周囲の壁に反響してカツン、カツンと二人分の足音が響いている。

「なあ、虎。もしかすると、俺たちはここで死ぬかも知れない。せめて、君の正体を聞かせてくれないか」

　この機に乗じて訊いてみる。大袈裟だと笑うなかれ、この平和な日本で民間人に対して銃弾が撃ち込まれたなどとは大変な事態なのだ。今、後ろから狙撃されても不思議ではない。

　虎之介は苦笑した。

「何だよさっきまで威勢良かったのに、今度は泣き落としかよ。情けねえな。悪いけどそれはまだ言えない。いいじゃん。生き延びればいいだけなんだから」

　あっけらかんと言われ、苦い気分になる。

　こいつは単に身に迫る危険が理解できていないのか、それとも場数を踏んでいてこうなのか。後者だとすると、本当に何者なんだ。

　そう考えた結果、口をついて出てきたのは牽制の言葉だった。

「俺にはさあ、どんなことがあってもうちの会社を守らなきゃならない責任があるんだよ。お前がもし、うちの会社に何か仕掛ける気なら全力で排除せざるを得ない」

「あー？　そっち？　いや、でもさ、すいませんけどそれ、すっげー的外れな心配だから。安心して？」

　一瞬の沈黙が降りる。

「にしてもさ、結構大変そうだよな、あんたの立場も」

労をねぎらう感じで言われ、一瞬、自分より年上の人物と対峙しているような錯覚を覚える。不思議な青年だ。普段は誰にも見せない本音の部分をつい吐露したくなる。

「大袈裟だと思うかも知れないけど、俺たち一族だけの問題じゃないからな。何万人といる従業員はもちろん、取引先やその家族。その人たちの生活全部が肩にかかってるんだ。重圧に時々めまいがする」

虎之介はきゃっきゃと笑った。

「何だそれ。そういうこと言うヤツに限って、いなきゃいないで普通に会社が回ってましたってヤツじゃないの？」

「は。言ってくれるなあ、君。そりゃそうなれば一番いいんだろうけど、実際にはなかなか、な……。俺の仕事は表舞台で華やかにやるっていうより、先に起こりそうなトラブルの種を排除したり、後始末したりっていう裏方の方だから……って、悪い。まるで愚痴だな、こんな時に言うべきことじゃないか」

まったくどうかしている。

謎の自称記憶喪失少年を相手にこんなことを言うなんて、と恥じ入る孝に虎之介は不思議そうな声を出した。

「え。ってかさ、イヤなら辞めればいいんじゃないの？　会社だろ？　別にその家に生まれたから必ず継がなきゃなんないってもんじゃなくね？」

「それはまあそうなんだけど……。うちは兄貴がさっさと離脱しちまったからさ、俺が残るしかなかったんだよ」

「ん？　孝さんも他に進みたい道があったってこと？」

真顔で訊かれ、つい及び腰になる。

「いや、特には。子供の頃からお前が後を継ぐんだって、親に言い聞かされてたし。今から思えば一種の洗脳なんだよな」

子供の頃といっても中学の時だ。

ある時を境に後継者候補、そして、両親が関心を向ける対象は仁から孝に変わったのだ。

虎之介は不満げに頰を膨らませた。

「あー俺、仁のこと好きだけど、今ちょっと腹立ったわ」

お前は何で仁のことを呼び捨てにしてるんだとちらりと思ったが、それ以前に仁を庇う気持ちが逸り、慌てて否定する。

「いや、仁は悪くないんだよ。単純に俺の方が適性あったからこうなってるんで」

「ふうん。あんた、仁のこと相当好きなんだな」

「バカ言え。それよか、虎。後ろ、気付いてるか？」

狙い通り追手が釣れたようだ。

結論から言うと、刺客の目的は孝の方だった。ただし、孝の命が狙われていたのかというと少々違う。

実はこれ刺客というほどのものでもない。単なる身代金目的の誘拐犯だったのだ。

しかしながら、彼らを捕らえる過程で、孝は大いに驚くことになった。

逃げると見せかけ、犯人たちを至近距離までおびき寄せたところで、袋小路に追い込む。アンダーパスと工場の塀が交わる行き止まり。退路を断たれ、泡を食った連中が気を逸らせた瞬間を逃さず、彼らの一人が手にした拳銃を蹴り飛ばしたのは、誰あろう虎之介だった。

信じられない話だが、気付いた時、拳銃は既に虎之介の手にあったのだ。

それにしても、よもや自分が身代金目的の誘拐の対象になるとは。

狙われるとすればまったく別の方向からだと思っていた孝は啞然とした。

犯人らが自供するに、孝ならば立場の割に単独行動が多くて狙いやすいからだというのである。

ちなみに、今日は下見の段階でありまだ犯行に踏み切るつもりはなかったのに、今夜、急遽実行に至ったという。

その理由を聞いてめまいがした。

以下、孝が直接、犯人の一人から聞いた話である。いわく「今夜あんたがそっちのガキと援交してやがるって聞いたもんで、多少手荒にいってもそんだけの弱みがありゃ、警察には絶対に通報できねえだろうから」と思ったそうである。

「あーのーなー。ふざけんなこの。ぜんっぜん違うからな。こいつはただの兄の店のバイトだバイト。ったく、失礼な。虎っ、お前もいつまで笑ってんだよ」

一部始終を聞いて虎之介は笑い転げている。

結局、警察上層部の知り合いから手を回してもらい、犯人を引き渡すことができたわけだが、正直なところ、釈然としない部分が多いのも事実だ。

一言で言うと、捕まえたヤツらがザコすぎるのだ。はっきり言って弱い。虎之介が思わぬ戦闘能力の持ち主であるという誤算があったのはもちろんだが、それにしたって観念するのが早すぎた。

第一、何というのか、大それた犯罪を企てた割に迫力がないというか、犯罪者特有の負のオーラみたいなものが欠けている気がしてならない。

そもそも観覧車に銃弾撃ち込むのが誘拐の予告だなんてクレージーもいいところだ。

犯人は「景気づけだ」などと嘯いていたが、どう考えたっておかしい。

観覧車に弾を撃ち込んだのは相当な腕前の持ち主だったはずだ。

しかし、撃ったのは俺だと豪語してるおっさんはアルコール依存症なのか何なのかぶるぶると手が震えている。こんな状態であんな狙撃ができるはずはなかった。

そして、後にこの予感は正しかったことが分かるのだが、とりあえず孝はこの事件を採み消すのにしばらく奔走することになった。

自称雨宮虎之介、二十歳。について。複数の調査機関を使って調べさせたのだが、結果は惨憺（さんたん）たるものだった。

彼の素性はまったく分からない。

実は、内密に警察にも手を回したのだが、行方不明者、家出人を含め、彼に関する情報はヒットしなかった。

大阪の芝居小屋までは特定できたし、そこで仁が短期間ながら働いていたこと。ある日、ふらりと虎之介が現れたことについての裏付けは取れたが、問題はそれ以前だ。

雨宮虎之介という男がどこから来たのか、それまで何をしていたのか、通常であれば当然紐づけることができるであろう情報のどれもがまったく出て来ないのだ。

「ここまでとなると、いささか不気味だな」

「さようでございますね」

孝の言葉に須藤が頷く。

ただ一つ。この調査の過程で面白いことが分かった。虎之介が芝居小屋に現れた時、山田澄香も大阪にいたはずだというのだ。

「あの女が何か知っているかも知れないな」

孝は山田澄香に接触してみることにした。

朝、地下鉄の改札で彼女を待つ。何が嬉しいのか、浮き立つような表情で歩いてくるのだ。

「澄香さん。おはようございます」

声をかけると、山田澄香は飛び上がらんばかりに驚いた。

「うわ。あっ、孝さん⁉ お、おはようございます。えーっと、今日はどうなさったんですか？ 地下鉄でお出かけに？」

挙動不審かこの女。

笑いそうになるのを堪えて、二枚目を気取り視線を投げかける。

「いいえ。あなたを待っていました」

「は。はあ……」

山田の迷惑そうな顔に心が折れそうになる。こっちだって、兄のところの単なる従業員を待ち伏せする趣味などないのだが、仕事中はいつも近くに仁か虎がいるもので、ヤツらに気取られずに話をしようと思ったらこうするしかなかっただけだ。

めげてはならじと二枚目オーラを更に濃くする。

「いや、お時間は取らせません。これからおりおり堂へ向かうんですよね？ なら、歩きながらでもいかがでしょう。少々お話を」

「はあ……」

警戒心を顕にする山田澄香と並んでおりおり堂へ向かった。

山田もまた虎之介の正体に関することは何も知らないという。

だが、その態度にわずかな違和感を覚える。

「ね、澄香さん。何でもいい。何か思い出したことはありませんか？　見聞きしたことでもいいんです」

孝の言葉に山田は意を決したように言った。

「あのぅ、孝さんがそこまで熱心に彼のことを調べようとするのは何故ですか？」

心外だ。まるでこっちがおりおり堂の平和を掻き乱す悪者のようではないか。いささか被害妄想的なことを思い、少しばかり尖った声が出てしまった。

「何故ですって？　調べちゃおかしいですかね？　ねえ、あなたも思うでしょ。虎はあの若さで記憶喪失だっていうじゃないですか。かわいそうでしょう。果たして本当に成人しているのかどうかも怪しい。本人は気丈にふるまっているけど、本心ではさぞかし心細いでしょうし、親御さんもきっと心配して探しておられるはずですよね」

ヤツがそんなタマでないことは重々承知のうえだが、あえて正攻法でいく。

「及ばずながら、私も力になろうと思っただけです」

だめ押しすると、山田はしばし言いよどんだが、ようやく口を開いた。

「えーとですね。本当にすみません。実は仁さんがですねー、弟はきわめて打算的な男だからと――、こうボソッと」

仁ーっ。おまええぇーと思ったが冷静を装う。

「そう。そうですか……。まあ、実際そうかも知れませんけど、打算的な男でもたまには人助けがしたくなることだってあるんですよ」

ははははと笑いが弱々しくなったのは致し方あるまい。

山田は言い辛そうに唇を嚙んだ。

「あの、私、本当に失礼なことを申し上げているとは思うのですが、孝さんに何を訊かれても迂闊に答えるなと仁さんから釘を刺されておりまして」

あんまりじゃないか仁っ。実の弟を何だと思ってんだと心で泣いた。

「そうですか。そういうことなら仕方ありませんね。残念ですが」

「あーすみません。それではここで失礼します」

深々と頭を下げて立ち去る山田澄香の後ろ姿を見送る。

孝は確信していた。

この女、絶対に何か隠してやがる。

いいだろう。こうなりゃこっちも全力で行くまでだ。

俺は命に代えても仁を護る。

そして、間もなくあんたは退職日を迎える。

悪いが仁は返してもらうよ、澄香さん。

地下鉄の出口に向かい、階段を上りながら孝は四角く切り取られた夏空を見上げた。


仕事柄、戦略を練るのは苦手ではない。

ミッションは大きく分けて三つ。雨宮虎之介の正体を暴くこと、山田澄香が退職するよう仕向けること、そして仁の奪還だ。

巧妙に潜り込んだ狸をいぶり出すような搦め手は得意だ。

手強いターゲットの上を行く、巧妙な計画を精緻に練り上げ、罠を張り巡らせるのだ。

いや、実際、仕事上はそれでうまくやってきたはずだ。

しかし、実のところ今回、孝は攻めあぐねている。

昨日、おりおり堂に出向き、直接仁と話をしたのだ。

「だから、言ってるだろう。あいつは怪しすぎる。あんな素性の分からないヤツを雇う必要なんかないはずだ」

これは山田澄香ではなく虎之介の話だ。果たして仁が何と答えるのかと思ったら、あの野郎、予想以上に適当な考えでびっくりした。

「雇ってるわけじゃない。弟子入りしたいと言うから、見習いをさせてるだけだ」

簡単に言うが仁は虎之介をおりおり堂に住まわせているのだ。食事はもちろんのこと、小遣い程度のものを渡してもいる。

「弟子入りしたいって言えば誰でも受け入れるのか？　仮に相手がテロリストでも？」

「拒む理由にはならないな」

いや、そこは拒めよと思うが、とりあえず仁を前にすると過剰に喧嘩腰になるのが橘孝という人間の性だ。そんなことは百も承知なのだが、自分にも止められない。

「は、甘いわ。お前、簡単に考え過ぎだ」

意に染まぬ挑発の始まりである。

「あのな仁。今のご時世、何より重要なのはコンプライアンスなんだぞ。あんたがこれまで生きて来た世界がどうだったのか知らないけど、今時、こんな得体の知れないヤツと関わりを持つのはリスクが大きすぎる」

まさしくの正論だ。

いつもそうなのだが、とりあえず仁は話だけはちゃんと聞いてくれている。

孝は必死で言い募った。

「せめて、きちんとした雇用契約なり何なり結んでおくべきだろ。それができないっていうなら、そうだな、最低限、誓約書でも書かせておけ。仮に偽名でも、直筆のサインがあるとないとじゃ大違いだ。何なら、ひな形はこちらで用意してやる」

「結構だ。お前の手は借りない」

一刀両断に切り捨てられて頭にきた。

「いい加減にしろよ、仁。お前だって経営者の端くれだよな。おままごとじゃないっていうなら最低限のことはしろ。脇が甘すぎる」

つい声を荒らげてしまうのだ。

言っていることは完璧な正論であると思うのに、何故怒鳴りながら説かねばならないのか。内心、あーあと思いつつ上から目線を自覚しつつも続ける。

「いいか、コンプライアンスを面倒くさいものだと思うな。何かあった時、自分を守ってくれる最大の武器になるものだ。そこさえきちんとできてれば、いざとなりゃ、こっちで何とでもしてやるから」

「孝。言ったはずだぞ。橘グループの手を借りるつもりはない」

「てめえ、どこまで意固地なんだ。このっ」

本当になんでこんなことになるんだ、この分からず屋と思いながら、孝は仁に掴みかかっていた。

「いい加減にしろよ仁。お前、一人で生きてるような顔をするな。何かあった時に窮地（きゅうち）に立たされるのはお前だけじゃないんだ。おりおり堂を名乗って、ここに住まわせている以上、おばあさまだって無関係というわけにはいかないだろう。何より、お前にその気がなくたって、世間はお前を橘の人間だと見るんだ。少しは自覚しろ」

　はあはあと肩で息をしながら胸倉を摑んでいる孝の手を、仁は悲しげに見下ろした。

「俺はとっくの昔に橘とは縁を切ったんだ。オーナーには累が及ばないようにする。お前の申し出は迷惑だ。離せ」

　手を振り払われてかっとなった。

　殴りかかろうとした手を止められ、腹立ち紛れに振りほどく。

「バカ野郎っ。縁を切ったですむか。実際お前、橘姓を名乗ってるじゃないか。残念だったな、仁。お前がどんなに嫌がろうと、どこに逃げようと橘の名は一生、お前について回るんだ」

「まるで呪いだな」

　仁は溜息をついて、ぽつりと呟いた。


「呪いか……」

　どうやら仁にとって自分は、その呪わしい橘の代表というわけらしい。

　いつからこんな風になったんだろうな、俺たち……。

　執務室で決済印を押しながら、無意識に溜息をついていたようだ。

　ノックと共に入室してきた須藤が言う。

「孝様、いかがなさいましたか？　元気がないようですね」

「いや、別にどうもしないさ」

　孝がそう言えば須藤は深追いしないが、大抵のことはお見通しだった。

「そういえば、君のところは確か弟がいたな」

「ええ、五歳下になります。孝様のところと同じ年齢差ですね」

　年若い頃から父親である執事と共に橘の家に出入りしていた須藤とは異なり、孝は弟の方とは面識がなかった。

「弟と喧嘩したりするか？」

　孝の問いが子供っぽかったのか、須藤はふふっと笑った。

「子供の頃はよくしましたが、今は致しませんね。違う仕事をしておりますし、弟が先に所帯を持ちましたもので、滅多に顔を合わせる機会もなくなりましたから」

　ふむ、と呟く孝にコーヒーを淹れながら、須藤は何気ないように問う。

「仁様と何か？」

「いや。相変わらずだ」

「そうですか。仁様にも早く孝様のお気持ちが伝わればいいのですが」

　そんな風に言われては照れくさく、孝は慌てて言った。

「いや、俺の気持ちなんかどうでもいいんだ。ただ、今の状況は誰の得にもならないからな、早めに次の手を打つつもりだ」

とはいえ、仁があそこまで自分を嫌っているとなると、なかなかに厳しいものがある。分かっているのだ。

孝が一方的に仁に執着しているのが現実だ。仁には仁の世界があって、こちらの世界には興味もないのだろう。

それでも、俺は絶対にお前をこっちの世界に連れ戻す。そのためには手段も選ばない。

そう考えた孝は立ち上がった。

「須藤、少し頼まれてくれるか」

「はい、孝様。何なりと」

恭しく頷く須藤に計画を告げると、須藤は珍しく驚いた様子で、暗に批判するように言った。

「孝様にしてはずいぶん泥臭いやり方でございますね」

「しょうがないだろ。相手が悪い」

「孝様は仁様のこととなると、熱くなられるのは昔からのことですが」

須藤が呆れたように言った。

それは認めざるを得ない。いつだってそうなのだ。仁は何一つ孝の思い通りには動いてくれない。大抵の場合、孝の存在は仁の眼中にすらなかった。基本、どうでもいい存在なのだろう。

それが分かっていながら、孝としては仁が気になって仕方ない。

子供の頃からそうだ。成績もスポーツも、どれほど頑張っても超えることのできない兄。

完璧なはずの孝が唯一抱える最大の弱点だった。

今、孝は敢えて渦中に身を投じる決断をしていた。

小さなチャンスでも決して見逃さず、仕掛けるためだ。

雨宮虎之介が仁にとって、または橘グループにとっての脅威となるなら俺はこの身を差し出し盾になる。そして、必ず仁を陽の当たる場所へ連れ戻す。そのためには何を言われようと、どんな扱いをされようと構わない――。

とうに覚悟はできていた。

現れた孝を見て、仁は絶句した。

「おい、孝。本気なのかお前。仕事はどうする気だ」

「大丈夫だ。一ヶ月休暇を取ってきた」

さしもの仁も驚いたようだ。珍しく兄を動揺させることに成功し、溜飲が下がる思いではあった。

「それにしたって、お前、料理になんか興味ないだろ」

その通りだ仁と思った。孝は料理などまったくしたことがない。今のマンションには単身で住んでいるが、須藤が何くれとなく世話をやいてくれるので、その必要がなかったのだ。

しかし、見てろ。今の俺は料理だってやれるぜ。多分――。

「いや、虎の話を聞いて俄然興味が湧いたんだ。この前の暴言については謝る。兄さんがそこまで情熱を燃やしている出張料亭がどんなものか知りたいと思ったんだよ」

だが、仁は甘くはなかった。

「いきなり手のひら返したみたいにそう言われて、はいそうですかとなると思うか？　信用できない。お前、何を企んでる？」

正直仁の自分に対する評価に涙が出そうだが、あえてスタイリッシュに虚勢を張るのが男一匹、橘孝のスタイルだ。

孝はくいと眼鏡をあげて言った。

「ひどいなぁ、実の弟に向かってそれはあんまりじゃないか。『出張料亭・おりおり堂』では弟子入り希望者は拒まないと聞きました。決して兄さんの邪魔はしないと誓うよ。こき使ってくれて構わない。ですから、お願いします。弟子にして下さい」

頭を下げると、仁がチッと舌打ちするのが聞こえた。

「勝手にしろ」

やったなと思った。潜入成功だ。こう見えて仁が誠実な押しにめっぽう弱いのはリサーチ済みだ。というか実体験で知っている。

「ありがとう。よろしくお願いします」

握手を求め、すっと手を出すと、途端に仁のまなざしが険しいものに変わった。

「何のつもりだ、その手は？」

「握手だよ、これまでの非礼を詫(わ)びて、これからの日々、よろしくと」

しかしそこでよろしくねと可愛く手を出すような仁ではない。

「勘違いするな。俺はお前と和解するつもりはない。ただ、見習いにつきたいというなら受け入れるだけだ。特別扱いは一切しないからそのつもりでいろ」

「望むところだ、兄さん」

そうだよ仁。山は高ければ高い方が征服(せいふく)し甲斐があるというものだ――。

そうして孝は晴れて「出張料亭・おりおり堂」の見習いとなった。

目的は二つ。一つは得体の知れない少年、雨宮虎之介の監視。そして、いかなる手段を使っても、兄、仁を橘グループに連れ戻すことだ。その二つが全うできれば山田澄香はどうでもいい。

そして、孝は今、おりおり堂の奥にある住居部分の厨にてひたすら鍋を磨いていた。

「おーい、孝。明日の打ち合わせするから来いってさ」

偉そうに呼びに来たのは虎之介だ。

「ん、了解」

ふうと溜息をつく。

これまでの人生で鍋を磨いたことなど一度もなかったが、ぴかぴかになって自分の顔が映るまで磨き上げるのは楽しい。

「おっ。恐怖の鍋磨き千本ノック、頑張ってんじゃん。それ終わったら床磨きとトイレ掃除やっとけって」

「ちょっ、俺ばっかひどくね？」

八月も終わり近く。はっきり言って孝はこれまでのところ料理関係にはまったく携わっていない。

「出張料亭・おりおり堂」にはぽつぽつと予約が入り始めており、仁は山田澄香を連れて出かけたりもしているようだが、出張先は一般のお宅が多く、男が三人もいては嵩高いという理由で出番が回ってこないのだ。

「だって俺、兄弟子だし」

床に這いつくばって床磨きに明け暮れている孝を見下ろし、虎之介が嘯く。

「兄弟子ぃ？」

「そ。兄弟子。だって、仁の弟子になったの俺の方が早いもんねー」

仁たちが出かけると必然的にこの兄弟子と二人で留守番ということになる。

時折、桜子に代わって骨董の方の店番をすることもあった。

桜子は長い間不義理をして顔も見せなかった孝のことを怒る気はないようで、不快な表情一つ見せない。

ただただ歓迎されたのだ。

当初こそ孝の方が過剰に意識している感があって、どこかぎくしゃくした態度でいたが、二、三日もすると慣れてきた。

八月三十日。

月末なのでさすがに全日おりおり堂に詰めるわけにもいかず、孝は早朝より会社で仕事をこなし、午後遅くに出勤してきた。

既に四時を回っている。

出張に出かけていた仁と山田が戻ってきており、丁度遅い昼食の時間に当たった。

というか、虎之介から電話があり、できればお腹を空かせて来た方がいいぞと言われていたのだ。

見習いであるがゆえ、孝は自動車出勤を禁じられている。

地下鉄から外に出ると、眩しい太陽が目を射る。だが、風にも光の中にさえ、どことなく静かな秋の気配が漂っている。着実に季節が進んでいるのを感じた。

不思議だなと孝は考える。

こんな風に季節の移ろいを感じるなんて一体いつ以来だろうと思ったのだ。

青空に夏雲が浮かんでいる。

「骨董・おりおり堂」があるのは古い街並みの残る一角だ。緑が色濃く、珍しい野鳥の姿を見かけることもあった。

ツクツクボウシの声に思わず孝は足を止める。驚いたのだ。

子供の頃はいざ知らず、大人になった今では蟬といえばアブラゼミのジージーとうるさい音ばかり耳につき、騒音の一種としか思っていなかった節がある。

夏の終わりだ。

何だか、懐かしい子供の頃に戻ったような気がして柄にもなく胸が締め付けられた。

「お帰りなさい、孝さん」

「早く手を洗ってこい」

血のつながりがないとはいえ祖母である桜子と仁に言われ、泣きそうになる。

奥の厨の一刀彫りの木テーブルに用意された昼食を見て、孝は目を瞠った。

いなりずし、蓮根の挟み揚げ、アジの南蛮漬け、とうもろこしのすり流し、そして野菜をたっぷり添えた冷しゃぶが並んでいる。

早速席について、いなりずしを口に運び、孝はうっと詰まった。

じゅわりと口中に拡がる甘辛いだし。香ばしい油揚げの香り。

覚えのある味だ。

中の酢飯には控えめな味付けのささがきごぼうと、香ばしく煎った白ごまが混ぜ込んである。あまじょっぱさと酸味のバランスが絶妙だ。

これまでにいなりずしを食べる機会は何度もあったが、孝は一度もうまいと思ったことがなかった。

無意識のうちにこれと比べていたのだと気付く。

おりおり堂、そして桜子と疎遠になった結果、食べる機会がなくなっていたが、まさに子供の頃の夏休み、遊びに来た仁と孝にここで桜子が作って食べさせてくれた思い出そのままなのだ。

鳴ってもいないスマホをタップして「もしもし」と言いながら立ち上がったのは涙が出そうになるのをごまかすためだ。

我ながらかっこ悪い。

「ああ、その件については後ほど折り返します」などと誰と喋っているのか自分でも設定の分からぬままに、どうにか落ち着いて来たので電話を切って食卓に戻る。

誰が作ったのかと訊ねると、やはりいなりずしとアジの南蛮漬けが桜子、その他はすべて仁の手によるものだった。

　実は料理人となった仁の料理を食べるのはこれが初めてだ。ここへ来て五日目だが、過去二回ありつくことのできたまかないは山田澄香作のタイ風グリーンカレー、そして昨日は虎之介作のがちがち玉子のオムライスだったからだ。

　蓮根の挟み揚げは中に細かく叩いたえびと大葉が挟んである。噛めば衣のさくっとした歯ごたえにもっちりした蓮根の食感。そして、しっかりめに味をつけたえびのすり身のうまみに大葉のさわやかな香りが拡がる。

　さすがだ。それなりの料亭で和食を食べる機会も多いが、こんな家庭料理みたいなものでさえ仁の料理は格別だった。

　とうもろこしのすり流しは、蒸したとうもろこしの粒（つぶ）を外し、丁寧に裏ごししてから、だしと少量の醤油で味を調え、葛（くず）でとろみをつけたものを冷たく冷やしてある。

　要は冷たいコーンスープのようなものなのだが、とうもろこしの香りが強く、葛を使っているため、舌触りがなめらかだ。

　だしもさすがとしか言いようがなかった。冷たくつるつると喉（のど）を通るのも暑い季節に相応しい。

　冷しゃぶには自家製のごまだれがかかっている。きゅうりにセロリにミョウガ、酢水にさらした山芋はすべて細く細く切ってある。仕上げに載せた白髪ねぎはまさしく髪の毛のような細さだった。

牛肉と野菜をまとめて口に運ぶと、とろりと溶ける牛肉がうまいのはもちろん、一緒に食べる野菜のしゃきしゃき感がすごい。

ごまだれの味もくどくなく、ごまの甘みに唐辛子の辛みがぴりっと利いている。うまい。

南蛮漬けはからりと揚げたアジと細切りにした玉ねぎ、にんじんを南蛮酢に漬け込むものだ。

これがまた、しんなりとしたアジを噛むと香味野菜から出たエキスに醤油、酸味、甘み、そしてこれまた鷹の爪の辛さが全体を引き締めている。

もっとも、実は孝にはそれらの手順はさっぱり分からず、食後桜子に言われるままにメモを取っている状態だ。

「ほほほ。説明だけではイメージがわかないのではなくて？　これから孝さんも少しずつご覧になって覚えていけばいいわね」

「あ、はい」

「当面は免除だが、そのうちお前にもまかないを作ってもらう」

仁がそう言うと、虎之介がええーっと頰を膨らませる。

「俺、まずいの食べたくないんですけどぉ」

「あら、虎之介さん。孝さんもお料理上手かも知れなくてよ」

桜子ににこにこしながら言われ、ヤバいと思った。

これは何としても料理をできるようにならねばならない。

常に神経をすり減らす仕事から離れ、こんな気楽なことを考えている自分に驚く。

そうか。俺は今、人生の夏休みなのかも知れないと孝は思った。

一月もの長い時間、ここで夏休みを過ごすのだ。

いや、もちろん使命を忘れたわけではない。

しかし、終わりのある日々だからこそ、夏休みは眩しく輝く思い出となるのではないだろうか。

そんなことを考えながら、孝は五個目のいなりずしに箸を伸ばした。

この作品は書き下ろしです。
またこの物語はフィクションです。
実在する人物、団体等とは一切関係ありません。

本文イラスト：八つ森佳
本文デザイン：bookwall

中公文庫

出張料亭おりおり堂
——夏の終わりのいなりずし

2019年3月25日　初版発行

著　者　安田依央

発行者　松田陽三

発行所　中央公論新社
〒100-8152　東京都千代田区大手町1-7-1
電話　販売 03-5299-1730　編集 03-5299-1890
URL http://www.chuko.co.jp/

ＤＴＰ　平面惑星
印　刷　三晃印刷
製　本　小泉製本

Published by CHUOKORON-SHINSHA, INC.
Printed in Japan　ISBN978-4-12-206719-6 C1193

出張料亭

おりおり堂

安田依央

イラスト／八つ森佳

「味見するか？」

STORY

偶然出会った出張料理人・仁さんの才能と見た目に魅了された山田澄香、三十二歳。思い切って派遣を辞め、助手として働きだすが——。恋愛できない女子と寡黙なイケメン料理人、二人三脚のゆくえとは？

STORY

特殊清掃員として働く桜庭潤平は、死者の放つ香りを他の匂いに変換する特殊体質になり困っていた。そんな時に出会ったのは、颯爽と白衣を翻し現場に現れたイケメン准教授・風間由人。分析フェチの彼に体質を見抜かれ、強引に助手にスカウトされた潤平は、未解決の殺人現場に連れ出されることになり⁉　分析フェチのイケメン准教授×死の香りを嗅ぎ分ける青年の、新たな化学ミステリ！

中公文庫